Tu ne me briseras pas

L'autrice

Âgée de vingt-six ans, **Camille Versi** partage ses romans sur Internet depuis 2015. *Tu ne me briseras pas* est sa deuxième incursion en librairies, après *Royales* (Hachette Romans) en 2018. Quand elle n'écrit pas, vous la trouverez certainement en train de lire, ou bien de jouer à des jeux de société ou s'évader d'escape games, ses autres passions.

8 rue Saint-Marc, 75002 Paris
www.scrineo.fr
Diffusion : Interforum

Réalisé avec le concours éditorial d'Agnès Marot
Directeur éditorial : Jean-Paul Arif
Éditrice : Floria Guihéneuf
Mise en page : Clémentine Hède
Correction : Caroline Vanhoove
ISBN : 978-2-36740-876-7
Dépôt légal : juin 2021

Camille Versi

Tu ne me briseras pas

ScriNeo

1

Toute cette histoire ne serait jamais arrivée si je n'avais pas été complètement crevée ce mercredi-là.

Nous n'étions qu'en octobre, pourtant : mes partiels étaient encore loin, je n'avais repris la fac que depuis quelques semaines... Si je n'étais pas à peu près en forme à cette période de l'année, qu'allait-il advenir de moi en janvier ?

Je le sais à présent : en janvier, ma vie aurait pris un tour que j'aurais été incapable de prédire trois mois plus tôt. Mais n'anticipons pas. Si je ne raconte pas les choses dans l'ordre, je vais m'y perdre...

Bref, pour débuter dans les règles de l'art : je m'appelle Sophie Glénan, et en ce début de semestre universitaire, j'avais vingt ans. Si j'étais aussi fatiguée, c'est parce que je cumulais deux licences à la Sorbonne (philosophie et allemand), et que mes parents avaient décidé que pour ma troisième année d'études, il était temps que je contribue au loyer de mon appartement et à mes divers frais : courses, livres pour la fac, métro, photocopies, électricité…

Sur le principe, j'étais d'accord. Vivre deux ans à Paris et gérer un budget m'avait fait ouvrir les yeux sur le poids financier que je représentais pour ma famille. Gagner quelques centaines d'euros pour les aider me permettait de ne pas me sentir à leurs crochets. J'avais donc trouvé un temps partiel au *Fruits & Coffee*, un petit café du Marais. J'y servais expressos, jus pressés, cappuccinos et autres thés glacés les lundis, mercredis et samedis après-midi.

Le problème, c'est qu'avec ce job, mon emploi du temps était soudain devenu bien trop rempli pour être gérable, car en parallèle, le niveau des cours et la quantité de travail demandée avaient augmenté. Ajoutons à cela, chaque semaine :

- Deux heures de flûte traversière, un instrument que je pratiquais depuis l'école primaire. J'aurais vécu comme une défaite personnelle le fait de l'arrêter pendant mes études.
- Deux fois une demi-heure de course à pied, indispensable pour rester en forme.

- Deux heures de tutorat bénévole à Alison, une élève de quatrième en difficulté – une activité trouvée *via* la fac pendant ma première année. Je n'avais plus autant de temps qu'à l'époque, mais Alison était adorable, et à chaque fois que je songeais à la laisser tomber, j'avais mauvaise conscience en imaginant ses grands yeux soudain déçus.

Et ça, c'était sans compter les aléas du quotidien : soirées organisées par des camarades de la fac ; états d'âme de ma colocataire, Coralie, nécessitant que j'y prête une oreille attentive ; rendez-vous chez le médecin ; appels de mes parents, de ma sœur ou de ma grand-mère ; courses ; démarches administratives…

Après avoir casé tout cela, il ne restait plus le moindre trou dans mon planning, en tout cas si je voulais réviser mes cours, ce qui était tout de même ma priorité.

Pour toutes ces raisons, j'étais crevée ce mercredi-là. Nous étions au milieu de l'après-midi, je n'avais pas assez dormi la nuit précédente, et mes pieds me faisaient mal : j'étais de service au *Fruits & Coffee* depuis trois heures et les clients n'arrêtaient pas de défiler. Impossible de prendre une pause ou ne serait-ce que m'asseoir pour soulager ma voûte plantaire.

J'en ai un peu honte, mais quand je suis fatiguée, je m'énerve facilement. Enfin, dans ma tête seulement.

À l'extérieur, je me contiens pour présenter une façade neutre. Je sais que les paroles prononcées sous le coup de la colère sont souvent regrettées par la suite, et je ne veux pas tomber dans ce piège. Surtout en contexte professionnel : même si mon travail au *Fruits & Coffee* n'était qu'un job étudiant, j'y tenais et je ne souhaitais pas que mes patrons aient à se plaindre de moi parce que je me serais montrée désagréable. Je m'efforçais donc en toutes circonstances de me montrer polie et avenante.

Mais parfois, quand la pression se fait trop forte, je l'évacue en pestant discrètement ; au *Fruits & Coffee*, c'était généralement contre les clients.

Une dame indécise, hésitant entre deux boissons en bloquant la queue derrière elle ; une autre qui cherchait sa monnaie pendant dix longues minutes ; un homme qui me reluquait un peu trop ouvertement… Tout était prétexte à marmonner en mon for intérieur. Ça faisait passer le temps. Ça me défoulait. Et ça m'évitait d'exploser vraiment.

Je n'aurais clairement pas gagné le badge de l'employée la plus souriante du mois, mais de toute façon, il n'y avait personne pour me surveiller le mercredi. Le café était plutôt petit et les patrons estimaient qu'en semaine, une seule salariée suffisait pour le tenir – on voyait bien qu'ils n'avaient jamais essayé eux-mêmes. Le samedi, heureusement, j'étais en binôme avec des collègues, Sarah et Liam alternativement. Et le lundi, il y avait effectivement moins de monde.

J'étais dans cet état d'esprit quand *il* est rentré dans le café. Je ne savais pas quelle importance il allait prendre dans ma vie par la suite. Pourtant, je l'ai tout de suite remarqué. Pas parce qu'une aura l'entourait, que mon instinct s'est réveillé, ou toute autre bêtise du genre. Non : parce que, de toute évidence, il *cherchait* à se faire remarquer.

Il avait les cheveux et la barbe teints en bleu. En un beau bleu profond, assez élégant, comme l'ensemble de sa personne. Un bleu que j'ai surtout trouvé déconcertant, et sur lequel je suis restée focalisée jusqu'à ce que ce nouvel arrivant se présente au comptoir. Par hasard, le flux de clients s'était tari dans les minutes qui avaient précédé son entrée, et je n'ai pas eu le temps de m'habituer à son apparence avant de devoir le servir. Mécaniquement, j'ai débité les formules de mise au *Fruits & Coffee* :

— Bonjour monsieur, qu'est-ce qui vous ferait plaisir aujourd'hui ?

Je n'ai écouté sa réponse que d'une oreille : la vision de sa barbe bleue continuait de me perturber. Un peu honteuse d'avoir laissé divaguer mes pensées, j'ai embrayé sur la question suivante :

— Quel prénom pour la commande ?

— Octave.

J'ai saisi mon marqueur et indiqué ce prénom aussi original que son propriétaire sur un gobelet vide, puis j'ai entamé la préparation du smoothie du mois. Il était d'un bleu aussi remarquable que celui de la barbe de l'homme qui me faisait face : spécial myrtille, avec des fruits complets à l'intérieur (et un peu de colorant loin du regard du client, pour la couleur, impossible à obtenir naturellement).

Trente secondes plus tard, j'ai posé la boisson sur un plateau, en annonçant :

— Et un smoothie myrtille pour Octave !

Ce dernier m'a jeté un regard étonné, et a lâché :

— À vrai dire, mademoiselle, j'avais commandé un macchiato.

J'ai senti ma gorge se nouer brutalement. J'allais m'excuser et lui préparer la bonne boisson, gratuitement bien évidemment, quand il m'a demandé :

— C'est parce que ma barbe est bleue, c'est ça ?

À ce moment, j'ai eu envie de disparaître sous mon comptoir.

J'ai ouvert et fermé la bouche, à la recherche de quelque chose d'intelligent à répondre à cet Octave. Sans succès.

Ce qui a dû sortir de moi, c'est un bredouillement ressemblant à :

— Ahem… Je… Euh…

Éloquente tirade accompagnée d'un rougissement progressif de mes joues ainsi qu'une fuite désespérée de mon regard vers mes pieds.

Je me suis rendue à l'évidence : je ne parviendrais pas à sauver la situation par un trait d'esprit fulgurant. J'ai donc capitulé et lâché comme un aveu :

— Excusez-moi…

J'ai craint un instant qu'Octave ne fasse un scandale, mais il n'a pas même haussé le ton. Au lieu de ça, il a promené sur moi son regard, de haut en bas. Puis un sourire amusé s'est dessiné sur son visage, et il m'a répondu :

— Je te pardonne… Seulement si tu laisses ton prénom et ton numéro sur le gobelet de mon smoothie !

En un instant, je suis passée de l'embarras à la stupeur.

Je plaisais à ce type ? Sérieusement ?

Je ne savais rien de lui, et j'ai imaginé… plein de choses. Qui se résumaient à deux hypothèses principales. Ou bien, cet homme était un séducteur compulsif, et le simple fait que je sois une femme et qu'il ait une ouverture avait suffi à le faire passer à l'action. Ou bien, il avait su voir en moi au-delà des apparences, et deviné qu'il y avait plus à retenir de moi que la serveuse qui venait d'échouer à lui préparer un macchiato.

J'avais envie de croire que j'étais unique, que cela crevait les yeux. Je me suis accrochée à cette idée, et j'ai souri. Un peu intimidée, j'ai saisi mon marqueur et, sous le prénom « Octave », j'ai ajouté « Sophie ». D'une main légèrement tremblante, j'ai également inscrit mon numéro. Puis j'ai reposé le smoothie sur son plateau, et j'ai osé croiser le regard de l'homme à la barbe bleue.

Ses yeux bruns ont pétillé, et un courant est passé entre nous. À ce moment, j'ai eu le sentiment d'avoir pris la bonne décision, et j'ai remarqué avec plus d'acuité que précédemment que malgré sa couleur de cheveux inhabituelle, cet homme était vraiment beau. Un peu plus grand que moi, probablement plus âgé de quelques années également, les traits bien dessinés, la carrure athlétique… Oui, il me plaisait.

— Je vous sers quand même votre macchiato, je suppose ? lui ai-je demandé d'un ton faussement léger.

— Non, laisse le smoothie. Ce n'était pas mon choix premier, mais puisque c'est toi qui me l'as préparé, j'ai hâte de le découvrir…

Il me tutoyait. Ça me plaisait. J'ai rosi, et n'ai pas osé répondre en flirtant aussi ouvertement. J'ai simplement précisé :

— Il est offert par la maison, dans ce cas…

Octave a récupéré son plateau avec un sourire charmeur et est allé s'installer à une table libre, à quelques mètres du comptoir. Au même moment, un nouveau client est entré dans le café, et j'ai pris sa commande, avec attention cette fois : j'étais échaudée pour le reste de l'après-midi.

Octave a sorti un ordinateur de son sac et est resté trois quarts d'heure à travailler en sirotant son smoothie. À intervalles réguliers, nos regards se sont croisés. Trop souvent pour que cela soit fortuit.

Juste avant de partir, il a sorti son portable, déchiffré mon inscription sur son gobelet, et tapé un SMS avant de m'adresser un clin d'œil. Je l'ai ensuite regardé traverser la salle jusqu'à la porte. J'ai poussé le vice jusqu'à plisser les yeux pour le distinguer de l'autre côté de la vitrine alors qu'il s'éloignait dans la rue.

La fin de mon service allait être longue…

2

Le smoothie était super bon : il y a des erreurs heureuses ! Alors comme ça, tu t'appelles Sophie ?

En découvrant ce message après avoir raccroché mon tablier de serveuse, je me suis sentie rosir. J'ai tapé ma réponse alors que je marchais vers la bouche de métro la plus proche :

C'est ça ! Et toi, tu es Octave, donc, si tu ne m'as pas raconté n'importe quoi en passant ta commande.

J'avais décidé de le tutoyer : j'avais été intimidée au *Fruits & Coffee*, mais je voulais changer de posture pour flirter avec lui. Être une femme sûre d'elle ! Plus difficile à dire qu'à faire, mais c'est ce que me conseillait toujours Anne, ma sœur, et je lui faisais confiance.

En plus, cela avait l'air de plutôt bien lui réussir auprès de ses conquêtes.

La réponse d'Octave ne s'est pas fait attendre.

Je n'ai pas raconté n'importe quoi : je m'appelle bien Octave.

Un instant plus tard, mon portable a vibré de nouveau, me délivrant un second SMS :

Ça arrive souvent, les gens qui donnent un faux prénom ?

Difficile à dire : je ne connais pas leur identité réelle… Mais quand j'entends ce que m'annoncent certains… j'ai de sérieux doutes. Ou alors, il y a vraiment des parents qui veulent pourrir la vie de leur gamin dès la naissance.

Pas cool.

J'ai froncé les sourcils. Juste deux mots ? Avais-je déjà ennuyé Octave ? J'ai relu mon message précédent. C'est vrai qu'il était un peu longuet…

Je me disais que notre flirt avait tourné court à cause de ma platitude, quand j'ai reçu :

> Et sinon, tu fais quoi dans la vie, Sophie ? Quand tu ne travailles pas dans ce café ?

Soulagée, j'ai cette fois pesé mes mots en tapant :

> J'ai vingt ans, je suis en double licence philo/allemand à la Sorbonne. Et toi ?

> Je bosse dans la com', j'ai vingt-sept ans.

D'où les cheveux bleus. Pour assumer un choix aussi original au bureau, il fallait faire un métier créatif. Du moins, c'est ce que j'imaginais. Personnellement, c'est une carrière qui ne m'attirait pas vraiment. La communication, les publicités affichées sur tous les arrêts de bus ou dans les stations de métro et polluant mon fil d'actualités sur les réseaux sociaux avaient plutôt tendance à m'exaspérer. Mais j'étais prête à faire l'effort de m'intéresser au domaine de compétence d'Octave.

> Oh, ça a l'air cool !

Ça l'est, j'adore mon travail ! Et toi,
tes études ?

Ça va, c'est sympa !

Je ne voulais pas avoir l'air d'une intello, ni d'une fille blasée. Entrer dans des précisions superflues aurait sûrement fait fuir mon flirt. J'avais bien conscience que ma passion pour les philosophes humanistes était à évoquer après une dizaine de rendez-vous au moins.

Toutefois, il fallait que je relance la conversation si je ne voulais pas qu'elle s'éteigne.

Tu aimes faire quoi, quand tu
n'es pas au boulot ?

Cette fois, Octave ne m'a pas répondu immédiatement. J'ai eu le temps de sortir du métro et de marcher jusqu'à mon immeuble avant de recevoir :

Rien de bien exceptionnel. La musique,
le cinéma, les voyages, comme tout
le monde ! Sans ma barbe bleue,
je ne suis pas très marquant. Et toi ?

Je fais de la flûte traversière. À part ça, *idem*, musique, cinéma, voyages… Pourquoi ce choix de couleur de cheveux, sinon ?

Ma tentative de relancer la conversation par une question plus personnelle a été couronnée de succès. J'ai souri en découvrant la longue réponse d'Octave :

J'aime bien l'idée d'être différent. La plupart des gens se comportent comme des moutons, surtout en matière d'apparence physique. Ils suivent bêtement la mode. Pour sortir du lot en obéissant à ces diktats, il faut être doté d'un corps quasiment surnaturel. Alors qu'en faisant un pas de côté… On attire tous les regards, naturellement, et cela permet de marquer son indépendance d'esprit. J'aime ça.

C'était beau, ce qu'il disait là. J'avais envie d'affirmer que je pensais comme lui, mais cela aurait été hypocrite. En matière de vêtements, je ne me permettais aucune originalité. J'avais trop peur d'être remarquée, justement. Qu'on se moque de moi, que je sois regardée de travers… Alors j'ai juste dit :

C'est courageux. Cela dit, je pense que tu sortirais du lot même sans ça.

Voilà, je m'étais jetée à l'eau. En rougissant, mais tout de même. Anne aurait été fière de moi.

Mes joues se sont empourprées davantage lorsque Octave m'a envoyé :

Toi aussi, tu sors du lot !

Puis, quelques secondes plus tard :

Je suis désolé, j'ai un truc à faire, je dois te laisser. Est-ce que tu serais disponible demain pour qu'on se revoie ?

Demain ? Dès demain ? Mon cœur a battu plus vite.

À vrai dire, il n'y avait pas vraiment de trou dans mon emploi du temps le lendemain. J'avais pas mal d'heures de cours, et j'avais à la base l'intention de bosser entre deux, ce que je ne pouvais pas faire le mercredi après-midi. Mais je pouvais bien lui trouver de la place quelque part… J'ai proposé :

17 h, ça te va ?

Parfait ! RDV Châtelet ?

OK, à demain !

J'ai dégluti. Octave aimait que les choses aillent vite, apparemment. Est-ce que cela me plaisait ? Je n'arrivais pas à le déterminer avec certitude, perdue entre appréhension et excitation…

* * *

Le lendemain, après mes cours, j'ai filé à mon appartement pour me changer en vue de notre rendez-vous. Je savais comment me mettre en valeur, notamment grâce aux deux relations sérieuses que j'avais déjà eues. J'étais restée près d'un an et demi avec Lucas, mon copain de lycée. Nous nous étions mis ensemble à la fin de la première : nous nous entendions bien et, poussée par mes amies et ma sœur, j'avais manœuvré plusieurs semaines pour me rapprocher de lui. Nous avions rompu d'un commun accord après quelques mois à l'université : il était resté dans notre ville d'origine, j'étais partie à Paris. Nous nous étions éloignés en nous rendant compte que le monde était plus vaste que le lycée qui était jusque-là notre univers.

Après ça, j'avais rencontré Benoît en mars, lors d'une soirée étudiante. Il était drôle, beau et intelligent : l'alcool aidant, il ne nous avait fallu que quelques heures pour nous embrasser, puis finir la nuit chez lui. D'autres ont rapidement suivi. Avec lui, j'ai passé énormément de bons moments. Les choses ont commencé à se dégrader entre nous lorsque j'ai compris qu'il ne voyait pas au-delà de cela. Que notre relation restait superficielle, et avait peu de chances d'évoluer dans le sens que je souhaitais.

À la rentrée de deuxième année de licence, nous n'étions plus ensemble.

Après Benoît, j'ai papillonné, sans m'enthousiasmer vraiment pour aucun homme. Mais j'ai affiné mon style, pour devenir une femme plus proche de celles que je voyais dans les pages des magazines et sur les publicités dans le métro. Maquillage, coiffure, vêtements… Je me suis éloignée de l'adolescente encore un peu pataude que j'étais en arrivant à Paris. Pas de beaucoup, cependant. Il me restait encore pas mal de confiance en moi à acquérir. Et de toute façon, je n'avais pas tant d'occasions que ça de sortir et de me faire belle… Depuis que je travaillais au *Fruits & Coffee* et que mon emploi du temps s'était rempli, elles étaient d'ailleurs encore plus rares.

Mais ce jeudi-là, j'avais l'impression que tout ce que j'avais cru apprendre sur l'art de la séduction ne me servirait à rien face à Octave. Il ne me paraissait pas sensible aux mêmes attraits que les hommes avec lesquels j'étais déjà sortie. D'habitude, je misais sur la simplicité et une sobre élégance pour être sûre de ne pas faire de faux pas. J'avais toutefois le pressentiment qu'Octave serait déçu si je ne sortais pas du lot. Comme lui avec ses cheveux et sa barbe bleus. Cependant, toutes les idées de looks qui me venaient à l'esprit pour avoir l'air différente m'auraient fait ressembler à une hippie. Or, Octave ne semblait pas appartenir à cette catégorie. Je me rappelais qu'au café, il portait une chemise et un pantalon de costume…

J'ai finalement opté pour une robe violette et un gilet doré, en me disant que les couleurs vives suffiraient à me démarquer. Puis j'ai couru à Châtelet : je crois que le rouge de mes joues s'est ajouté durant le trajet aux nuances que je portais…

Quand je suis arrivée au point de rendez-vous, Octave était bien là : c'est bête, mais j'en avais douté. Alors que je m'approchais de lui, j'ai vu son regard s'attarder sur mes vêtements. Il a souri en les découvrant.

— On se promène sur les quais ? m'a-t-il proposé. Il fait encore beau, il faut en profiter avant l'hiver !

J'ai acquiescé, heureuse. J'aime la Seine, et les fleuves de manière générale. Et cette proposition me semblait différente, pour un premier rendez-vous, des « verres » auxquels on m'invitait d'habitude, et que j'appréciais peu depuis que j'étais moi-même serveuse : je préférais fuir les cafés autant que possible durant mon temps libre…

Nous avons ainsi marché, et discuté en passant devant Notre-Dame, l'île Saint-Louis, l'Institut du monde arabe… Nous avons parlé de notre dernier voyage à chacun (Barcelone pour lui, Montpellier pour moi), de nos lectures du moment (*Le Lys dans la vallée* pour lui ; pour moi, je ne me souviens plus), de son travail (il aimait son côté créatif ainsi que le fait d'être en free-lance, ce qui lui permettait d'avoir des horaires souples et de ne pas passer sa semaine au bureau), de ce que nous souhaitions voir au cinéma dans les prochains mois… Il a évoqué à plusieurs reprises Henry, son meilleur ami depuis le collège, dont l'opinion semblait avoir une grande importance pour lui et avec qui il avait apparemment une relation très forte ; en retour, j'ai un peu parlé de ma sœur Anne, de ma colocataire Coralie, des copines que je m'étais faites à la fac…

Sur tous les sujets, Octave était pertinent, intelligent, captivant. Fascinant. Il avait des phrases percutantes et pleines de profondeur, qui me laissaient songeuse, mais il prenait également le temps de m'écouter, longuement. C'était là sa principale qualité : je me sentais importante dès que j'ouvrais la bouche. Et quand il me répondait, il était flatteur, avec suffisamment de délicatesse toutefois pour que je ne me sente pas mal à l'aise. « C'est un bon choix, le choix de quelqu'un qui a du goût », me disait-il par exemple. Ou encore : « Cela faisait longtemps que je n'avais pas rencontré quelqu'un qui pense cela. » Ce genre de phrases agréables à entendre.

Avec lui, la conversation coulait simplement. Et je sentais mon cœur se laisser porter par le courant.

Après quelque temps, fatigués de marcher, nous nous sommes assis dans l'herbe d'un parc aménagé au bord de l'eau. J'avais un peu froid, mais je n'ai rien dit pour ne pas briser la complicité ténue qui commençait à s'établir entre nous.

Je ne connaissais Octave que depuis la veille, mais je me disais déjà que je nous voyais bien ensemble. Que je voulais avoir tous les jours de telles discussions avec un homme comme lui. Je commençais même à apprécier sa barbe bleue qui m'avait tant perturbée au *Fruits & Coffee*, et qui me semblait désormais faire partie intégrante du spécimen masculin idéal que j'avais à mes côtés.

Octave a dû sentir que mon esprit divaguait loin des propos qu'il était en train de tenir. Est-ce mon regard lumineux posé sur lui qui m'a trahie ? En tout cas, il ne s'est pas offusqué de mon manque soudain d'attention pour ce qu'il disait. Il l'a pris pour ce qu'il était : une invitation à passer au-delà des mots. Alors il s'est tout simplement tu, et m'a embrassée.

3

Octave embrassait bien, mieux que tous les autres garçons qui avaient conquis mes lèvres avant lui. Pressée contre lui, je ne pensais plus à rien. Je flottais dans une bulle où régnait la paix qui me manquait depuis le début du semestre.

Ont suivi d'autres embrassades, d'autres effleurements… Je désirais Octave, pleinement. Je le connaissais à peine, mais je ne ressentais pas la moindre gêne avec lui. Il avait un véritable talent pour me mettre en confiance.

Nous nous sommes soudain rendu compte que la nuit était tombée ; d'un coup, je me suis souvenue que j'avais froid. Nous nous sommes relevés, et Octave m'a emmenée dans un petit restaurant non loin de là, pour que je puisse me réchauffer.

Pendant le repas, mon cœur a fondu comme la cire de la bougie posée au centre de notre table, tandis qu'Octave me caressait doucement le dos de la main entre les plats. Son attention était constamment focalisée sur moi ; je l'ai même vu éteindre son téléphone afin que nous soyons plus tranquilles.

Une fois sortis du restaurant (qu'il a payé, à mon soulagement un peu coupable d'étudiante aux revenus limités), il ne m'a pas pressée pour que nous allions plus loin dès ce soir-là. Cela m'a plu. Il m'a chastement raccompagnée au métro le plus proche, et m'a embrassée une dernière fois avant de me laisser partir.

Devais-je déjà nous considérer comme un couple ? Dans les mêmes circonstances, avec n'importe quel autre homme, cette question m'aurait taraudée. Pas avec Octave. Même si je n'avais pas de réponse convenue explicitement entre nous, ce n'était pas grave. Il était le seul que j'avais envie de voir : tous les individus masculins que je côtoyais me semblaient désormais bien ternes à côté de son éclatante barbe bleue. Quant à lui, il agissait comme s'il n'y avait personne de plus important à ses yeux que moi.

Dans la soirée, après nous être quittés, nous avons échangé d'autres messages ; j'ai pensé à lui pendant toute la journée du lendemain ; et dès le samedi, nous nous retrouvions à nouveau. Tout allait vite, trop vite pour que cela soit raisonnable, mais je me disais que l'amour ne l'est jamais. Oui, trois jours après notre rencontre, j'avais déjà des sentiments pour Octave…

En deux semaines, nous avons avalé les étapes d'une relation qui s'étalent normalement plutôt sur deux mois : première visite chez lui (il vivait seul dans un appartement lumineux et moderne), première visite chez moi (Coralie, ma colocataire, s'est ensuite moquée de moi pendant des jours à cause de la barbe bleue de mon nouveau copain ; je lui en ai beaucoup voulu), première fois (elle s'est aussi bien passée que je l'espérais), premier selfie à deux (aux Buttes-Chaumont)… Jusqu'à son premier « Je t'aime », un soir où nous étions blottis l'un contre l'autre sur son canapé après avoir regardé un film. Ces trois mots m'ont tant touchée… Avec mes petits amis précédents, j'avais dû les attendre pendant des mois. Qu'ils viennent aussi tôt dans ma relation avec Octave m'a confirmé ce que je pressentais : ce que je vivais avec lui était différent, dans le meilleur des sens possibles.

Intérieurement, je baignais dans la félicité, mais je ne pouvais empêcher l'inquiétude de me ronger. Tout ce temps passé avec Octave alourdissait encore plus mes semaines déjà bien trop chargées : c'étaient les meilleures heures de mes journées, mais aussi celles qui me forçaient à enchaîner toutes mes obligations à un rythme exténuant si je voulais venir à bout de tout ce que j'avais à faire. Je me souviens d'un dimanche matin où je me suis levée à cinq heures pour avancer un maximum mes devoirs pour la fac avant de le retrouver pour déjeuner…

J'ai tenté de le dissimuler à Octave aussi longtemps que possible. Je ne voulais pas qu'il se sente coupable, ou qu'il décide « pour mon bien » de trouver des prétextes pour limiter nos rendez-vous. Il était la bouffée d'air frais dans mon quotidien. J'avais le sentiment que privée de lui, je sombrerais. Déjà, quand il devait annuler une soirée avec moi parce que son meilleur ami Henry l'avait invité à sortir, ou quand il s'éclipsait tôt le dimanche matin parce qu'il avait déjà un engagement, je sentais mon cœur se serrer. Je m'en voulais d'être devenue… dépendante aussi vite, mais c'était la stricte vérité.

Garder le silence sur cette situation, ce n'était pourtant que retarder l'inéluctable. Telle une Cocotte-Minute, je laissais la pression monter en moi, et elle a fini par exploser un soir, alors qu'Octave et moi étions en couple depuis un petit peu plus de trois semaines. J'avais passé une mauvaise journée, pendant laquelle les raisons de m'angoisser s'étaient accumulées : j'avais fait une grosse erreur de caisse au *Fruits & Coffee* qui risquait d'être retenue sur mon salaire, je devais rendre trois jours plus tard un devoir de philo important que je n'avais pas encore eu le temps de commencer à cause d'un partiel d'allemand que j'avais passé des heures à réviser… Le stress m'avait envahie, et les baisers d'Octave n'ont pas suffi à le dissiper momentanément cette fois. J'avais la boule au ventre quand il a lancé l'épisode suivant de la série que nous regardions ensemble ; j'ai été incapable de me concentrer sur les images qui défilaient sur l'écran, triturant mes doigts, mordillant mes lèvres et ressassant les soucis que je ne parvenais pas à mettre à distance. Quand de temps à autre, Octave me jetait un regard en coin, je me forçais à donner le change pour ne pas l'inquiéter.

Au bout d'une vingtaine de minutes à ce régime, il a mis Netflix en pause en plein milieu d'une scène et s'est tourné vers moi.

— Qu'est-ce que tu as, Sophie ? Je vois bien que tu n'es pas dans ton assiette ce soir.

Mes barrages ont sauté, et j'ai fondu en larmes. Je lui ai avoué toutes les craintes qui s'additionnaient dans mon cerveau et me tourmentaient, cette longue liste d'obligations que je me devais de remplir et face à laquelle je me sentais impuissante, insuffisante. Je lui ai dit que je me décevais, et je me suis excusée de le décevoir lui aussi ce soir-là en gâchant ce moment à deux.

— Chut, ma belle… m'a-t-il soufflé en me caressant le dos. Calme-toi. Ça va aller.

Il me l'a répété jusqu'à ce que je m'apaise. Patiemment, il m'a tendu des mouchoirs et m'a réconfortée de sa présence le temps qu'il a fallu. Puis, me serrant contre lui, il m'a déclaré d'une voix douce :

— Tu es tellement dure avec toi-même... Comment peux-tu penser que tu me déçois, alors que plus je te vois, plus tu m'impressionnes ? Tes études, ton travail, toutes ces activités que tu mènes de front... Je connais peu de gens qui en font autant.

J'ai hoché la tête, heureuse de trouver un reflet de moi si positif dans ses yeux.

— Cela dit, je t'avoue que je ne comprends pas pourquoi tu t'accroches à tout ça, a-t-il poursuivi. Est-ce que cela te rend heureuse ?

La réponse à cette question ne m'est pas venue immédiatement. Jour après jour, je me répétais que je me construisais la vie que je désirais. Mais si elle devenait un fardeau, pouvait-on dire que je m'épanouissais ?

— Je ne me le suis jamais vraiment demandé, ai-je avoué.

— Peut-être que tu devrais, a répliqué Octave en chassant une mèche de cheveux égarée sur mon front. Tu me donnes l'impression de faire tellement de choses parce que tu en ressens l'obligation... Mais qu'est-ce que *toi*, tu veux ? Sur le long terme.

J'ai haussé les épaules.

— Je ne sais pas.

— Tu n'as jamais réfléchi à ce que tu ferais plus tard ?

— Si, si… Je me suis toujours dit que je finirais prof de philo. C'est ce que mes parents voudraient : c'est un emploi stable, et il n'y en a pas tant que ça auxquels je pourrais prétendre avec les études que j'ai choisies.

— Je suis sûr que si, c'est juste que tu ne les connais pas encore. Est-ce que prof, c'est une carrière qui t'attire, toi ?

J'ai réfléchi quelques secondes, puis expliqué :

— J'aime transmettre des savoirs. Ça fait deux ans que je donne des cours de soutien à Alison, et je trouve ça gratifiant.

— Est-ce que c'est une passion chez toi ? Est-ce que tu serais prête à construire un avenir sur ces bases ?

Octave me dévisageait, le regard perçant. Ses questions remuaient beaucoup d'interrogations en moi, mais je me suis sentie reconnaissante. Jamais encore on ne m'avait confrontée à celle que j'étais pour que je remette en question mes choix. Même mes parents n'avaient pas eu de discussions si profondes avec moi à propos de mon futur. Et Octave y parvenait alors que nous ne nous connaissions que depuis moins d'un mois.

— Je t'aime, Sophie, m'a-t-il dit. Je sais à quel point tu peux être passionnée, drôle, étonnante… Et c'est pour cela que je suis attristé de voir que la vie dans laquelle tu t'enfermes manque de ce grain de folie que tu as pourtant en toi. Tu remplis obligation sur obligation, mais toutes sont-elles vraiment essentielles ?

— Où veux-tu en venir ?

Octave a soupiré.

— Nulle part en particulier. Je ne suis pas à ta place, je ne peux pas juger ce qui compte vraiment pour toi et ce qui est superflu. Ce sont juste des choses que j'ai remarquées. Tu pestes avant d'aller courir et tu y vas tout de même. Tu travailles pour chacun des devoirs que tu as à rendre comme si ta vie en dépendait. Tu passes des heures à écouter ta colocataire se plaindre de tout alors que tu m'as avoué toi-même que tu ne l'appréciais pas tant que ça. Est-ce que tu es sûre que tu dois vraiment faire toutes ces choses ? Tu pourrais refuser, parfois. Ce ne serait pas une défaite : tu te recentrerais sur ce qui est vraiment important pour toi.

Il m'a embrassé la tempe avant d'ajouter :

— Mais ce sont des réflexions qui prennent du temps, bien sûr. Pour ce soir, l'urgence, c'est que tu puisses réviser ce partiel d'allemand qui t'angoisse. Ne t'inquiète pas pour moi, je vais trouver de quoi m'occuper pendant que tu travailles. J'ai un livre dans mon sac, et Henry m'a transmis une présentation qu'il voudrait que je relise. Il m'a déjà envoyé trois SMS pour me rappeler que je lui ai promis mon aide. Ça me conviendra très bien, je préfère mille fois te savoir sereine à tous les épisodes de série au monde.

J'ai acquiescé. Je me sentais tellement mieux grâce à ses paroles… Il me montrait une direction à suivre pour échapper à mon stress, une direction qui me plaisait et dans laquelle je pouvais sans doute m'engager… si j'en trouvais le courage. Car pour cela, j'allais devoir apprendre à dire « non ».

Octave avait raison, c'était une transformation lente. Ce soir-là, j'ai révisé sérieusement pour cet examen que je ne pouvais de toute façon pas éviter – tout plaquer du jour au lendemain, c'était loin d'être mon genre, et ça ne l'est toujours pas, d'ailleurs. Mais les mots de mon copain tournaient dans ma tête. Et j'ai fait un premier pas en avant pas plus tard que le week-end qui a suivi.

C'était le samedi soir et Coralie avait eu une rude journée : une histoire de *date* Tinder qui s'était révélé catastrophique. J'écoutais d'une oreille ce qu'elle racontait tout en envoyant des textos à Octave.

— … et il m'a soutenu que oui, sa copine était au courant qu'il draguait sur des sites de rencontre, qu'ils étaient un couple libre. Mais c'était un mensonge, ça se voyait comme le nez au milieu de la figure !

— Hmm hmm.

— Et après, j'ai voulu partir, et il m'a retenue ! Il a argumenté pendant une éternité, le gars ne se rendait pas compte que c'était mort. C'était pourtant évident, non ?

— Clairement...

— Pourquoi je n'attire que des connards ? Oh mon Dieu, je veux m'enterrer sous ma couette et ne plus en sortir tant que les mecs n'auront pas appris le respect.

J'ai relevé la tête. Coralie avait rejeté la tête en arrière avec un air de tragédienne.

— Prends-toi une boule de glace, lui ai-je suggéré. Ça ira mieux après, tu verras.

Nos mois de colocation m'avaient permis de constater que le sorbet framboise agissait comme une potion magique sur elle. D'ailleurs, rien que l'idée d'en déguster l'a remise d'aplomb. Elle s'est redressée et a filé vers notre petite cuisine. Quelques secondes plus tard, j'ai entendu :

— Merde, il n'y en a plus...

Coralie est revenue près de moi, s'est laissé tomber sur sa chaise et a soupiré :

— Je suis si fatiguée... Sophie, tu veux bien me faire une faveur et descendre à la supérette racheter un bac ? Tu serais un amour.

Pas de problème. J'y vais tout de suite.

Ça, c'est la réponse qui m'est venue à l'esprit immédiatement. La réponse que l'ancienne Sophie aurait faite. Sauf que les mots d'Octave avaient étendu leur influence sur moi, me poussant à considérer le monde d'un autre œil. Je n'aimais pas décevoir les gens, mais objectivement, Coralie abusait. J'avais plus de raisons qu'elle d'être éreintée : je rentrais d'un après-midi de travail au *Fruits & Coffee*. Et je n'aimais même pas le sorbet framboise !

Voilà de quoi Octave parlait, voilà ce qui me tirait vers le bas. De petites choses comme celles-ci, qui aspiraient un quart d'heure de mon temps par-ci par-là. Pour rien.

— Non, désolée, ai-je répondu à ma colocataire.

Elle m'a regardée avec des yeux ronds. Elle ne s'attendait pas à ça… Je me suis sentie obligée de me justifier.

— Mon copain doit m'appeler, ai-je menti en agitant mon téléphone.

— Oh. Très bien. Je comprends. Je vais me débrouiller, alors.

Coralie a mis son manteau puis a quitté l'appartement. Elle n'a pas insisté pour que je descende chercher le bac de glace à sa place, mais j'ai bien vu à sa tête qu'elle était vexée de mon refus.

Eh bien, elle allait devoir apprendre que j'étais sa coloc', pas sa domestique. Je voulais bien être gentille, mais il y avait des limites.

Je suis allée m'allonger sur mon lit, remplie de la fierté d'avoir su les poser.

À partir de là, je me suis répété comme un mantra cette question : « Qu'est-ce que je veux vraiment ? » Face à ce module facultatif de littérature allemande qui m'obligeait à me lever tôt tous les mercredis matin et qui était loin d'être passionnant. Face à cette pluie qui tombait pile au moment où j'avais décidé de faire mon footing. Face à cette soirée organisée à l'autre bout de Paris par un camarade de promo que je ne connaissais pas vraiment.

Bien sûr, tous mes choix n'ont pas été faciles à faire. Lorsque j'ai annoncé à mon professeur de flûte traversière que je voulais réduire mon nombre d'heures de cours, mon cœur s'est serré. De même lorsque j'ai refusé aux parents d'Alison de la suivre en anglais, en plus du français où je la soutenais déjà. Mais je devais faire du tri dans ma vie, c'était nécessaire. Pour penser un peu plus à moi. J'ai lâché du lest, petit pas après petit pas. Le mois de novembre a été pour moi celui d'une lente transformation… grâce à Octave. Il m'encourageait à chaque étape que je franchissais, et j'étais récompensée de mes efforts par le fait que j'avais de plus en plus de temps à lui consacrer, plus sereinement qu'avant. Non, je ne réfléchissais pas encore à mon avenir sur le long terme, je ne remplaçais pas ces briques que je retirais de ma vie par d'autres, sur lesquelles je voulais construire mon futur. Dans un premier temps, je profitais d'Octave et de ce vent de liberté qu'il avait fait souffler sur ma vie. J'ai découvert que je pouvais être moins exigeante avec moi-même sans conséquence, ou plutôt si : j'étais plus détendue, plus heureuse désormais. J'avais le sentiment que mon copain m'avait révélée à moi-même, qu'au-delà de notre relation, il m'était bénéfique sur tous les plans. Mon avenir, mon « long terme », ce pouvait bien être lui, lui qui m'attirait plus que tout autre aspect de ma vie à cette période, lui qui m'avait permis de trouver mon équilibre. Je lui en étais si reconnaissante…

Ainsi, après un mois et demi, je me sentais plus proche d'Octave que je ne l'avais jamais été de mes ex.

4

Décembre est arrivé, et emportée par l'enthousiasme qui m'habitait depuis que j'étais en couple avec Octave, j'ai décidé de lui faire une surprise. Quelque chose qui l'étonnerait réellement, qui le laisserait bouche bée…

J'étais heureuse, mais une angoisse diffuse m'emplissait, une sorte de complexe de l'imposteur. Je n'arrivais pas à me débarrasser de l'idée qu'un jour, Octave se rendrait compte qu'il s'était trompé à mon propos, que je n'étais qu'une étudiante banale, indigne de son attention, et qu'à ce moment, il m'abandonnerait. Si bien que je ressentais le besoin de me battre pour le garder, pour lui montrer que j'étais prête à changer pour lui, à m'élever à sa hauteur. Je n'aspirais plus qu'à lui ressembler. Il affrontait le monde fièrement avec sa barbe bleue, proclamant à tous sa différence et son détachement vis-à-vis des conventions sociales. J'ai décidé de faire de même. J'ai poussé la porte d'un salon de coiffure pour me faire teindre les cheveux.

Il m'avait fallu une bonne semaine pour me décider concernant la couleur que je souhaitais. J'avais d'abord envisagé un bleu, la même nuance que celle qu'il portait. Mais je m'étais ravisée, ne voulant pas donner l'impression de le copier. Un rouge ? Trop punk, un peu commun aussi. Un vert, un jaune ? Cela n'aurait pas été avec mon teint. Je tenais à rester élégante, comme l'était Octave.

J'ai finalement jeté mon dévolu sur un rose pâle. Une couleur douce mais étonnante, conforme à l'image que je souhaitais renvoyer. Elle me mettait en valeur, soulignant flatteusement mes yeux bleus ainsi que ma peau claire.

Le résultat a été à la hauteur de mes attentes, et c'est avec excitation que je me suis rendue chez Octave ce soir-là pour lui révéler ma surprise. Avec un peu d'appréhension, aussi. Qu'il approuve mon initiative était si important à mes yeux…

Je n'ai pas été déçue de sa réaction. À peine m'a-t-il ouvert la porte qu'il s'est figé, frappé d'étonnement comme jamais auparavant. J'avais réussi ; j'avais fait quelque chose d'inattendu.

Après quelques secondes, il s'est avancé et m'a serrée dans ses bras. Je me suis sentie aimée, encore plus qu'au cours des semaines qui venaient de s'écouler.

— Ça te plaît ? lui ai-je demandé lorsqu'il s'est écarté de moi.

À présent, je ne doutais plus de sa réponse…

Il a gardé le silence et m'a embrassée, ses lèvres encore plus avides que d'habitude. À chaque fois que je me détachais de lui, il se penchait à nouveau sur moi, refusant de me laisser partir.

— Qu'est-ce qu'il y a ? m'en suis-je amusée, après avoir enfin réussi à faire un pas en arrière. Je t'ai tant surpris que tu en as perdu la parole ?

Il a souri, laissé échapper un petit rire, puis souri encore, en entortillant une mèche de mes cheveux autour de son index. Depuis que je le connaissais, il m'avait toujours présenté une facette parfaitement maîtrisée de lui-même. Celle d'un homme aux sentiments profonds, mais qui ne se laissait jamais submerger. Et là… ses digues avaient sauté.

Je me suis sentie inondée par son amour pendant tout le repas qu'il avait cuisiné pour moi, aux anges. Ces cheveux roses symbolisaient la nouvelle Sophie, la Sophie d'Octave. J'étais si fière de les arborer… et cela m'a donné l'envie de préparer bien vite une autre surprise pour celui que j'aimais. Nos deux mois de relation approchaient, et j'avais envie de marquer le coup. Ce n'était pas vraiment un cap symbolique, mais j'étais si heureuse que j'étais d'humeur à tout fêter. Cela faisait quelque temps que j'avais repéré un restaurant qui organisait tous les dimanches matin un brunch-expo, qui permettait de découvrir le travail d'un jeune artiste différent chaque semaine tout en dégustant des viennoiseries, excellentes d'après les avis que l'on pouvait lire sur Internet. C'était exactement le genre de sortie susceptible de plaire à Octave, et c'est donc avec peu de doutes sur sa réaction que je lui en ai parlé au téléphone un soir.

— Super idée ! s'est-il exclamé, me faisant sourire jusqu'aux oreilles. J'ai hâte de découvrir cet endroit avec toi. Quand veux-tu y aller ?

J'ai éloigné mon téléphone de mon oreille pour afficher mon calendrier électronique, et après une brève vérification, j'ai proposé :

— Dimanche prochain ? Si ça te va, je réserve.

— Dimanche, je ne peux pas, a rétorqué Octave d'une voix soudain glaciale.

— Oh, tu as déjà quelque chose ? ai-je supposé sans relever le changement dans son ton.

— Hmm hmm.

— Le dimanche suivant, alors ?

J'ai entendu mon petit ami soupirer longuement à l'autre bout du fil.

— Un dimanche, tu es sûre ? m'a-t-il lancé après plusieurs secondes. C'est le seul jour où tu peux faire la grasse matinée, tu me l'as dit.

— Un brunch ne commence pas aux aurores, ne t'inquiète pas ! ai-je ri. Et puis nous sommes obligés d'y aller ce jour-là, c'est le seul de la semaine où le restaurant l'organise.

— Hmm. Je ne suis pas convaincu que ce soit une si bonne idée, finalement. On sera concentrés sur la nourriture, on ne verra pas bien les tableaux… Je ne pense pas qu'on pourra déambuler entre les tables autant qu'on le souhaiterait.

— Mais si, c'est très bien organisé, d'après ce que j'ai lu, le…

— Tu ne préférerais pas qu'on aille au restaurant un soir, plutôt ? Henry m'a justement parlé d'un nouveau thaï qui vient d'ouvrir pas très loin de chez moi. Il paraît que leur curry à la patate douce est excellent.

Octave venait de tirer sur ma corde sensible : mon amour pour la cuisine asiatique… J'ai facilement cédé à sa contre-proposition. Et je ne l'ai pas regretté : nous avons passé une super soirée. Malgré tout, son changement brutal d'attitude à propos du brunch m'est resté en tête. J'avais bien compris que son enthousiasme face à ce que je suggérais ne s'était pas dissipé comme par magie : le problème, c'était visiblement que mon petit ami n'était pas disponible le dimanche matin, et ne souhaitait pas me l'avouer. Ce n'était pas la première fois qu'il esquivait ainsi un rendez-vous que je comptais prévoir à ce moment-là. Je me posais des questions, évidemment. Qu'est-ce qui pouvait bien le retenir ? Une activité dont il ne souhaitait pas me parler ? Des rendez-vous médicaux ? Quelque chose de plus trouble ?

J'étais curieuse, mais je me suis retenue de poser des questions indiscrètes à Octave. Certes, notre relation était idyllique, mais je gardais à l'esprit qu'elle était encore très jeune. Je ne voulais pas provoquer une crise en le forçant à me parler avant qu'il ne soit prêt. Il était parfait avec moi en dehors de cela, me manifestant son amour au quotidien ; je n'avais aucun doute quant au fait que son secret du dimanche matin n'avait rien à voir avec moi. Il me paraissait inenvisageable qu'il voie une autre femme, par exemple, ou bien qu'il fasse quoi que ce soit qui s'apparente à une trahison. Il était à moi six jours et demi par semaine ; je pouvais bien lui laisser son jardin secret le dimanche matin, en attendant qu'il soit prêt à m'en ouvrir la porte.

Et puis, bien vite, j'ai eu quelque chose d'autre sur quoi concentrer mon attention. J'avais compris depuis longtemps que son meilleur ami Henry était l'une des personnes qui comptaient le plus à ses yeux… et il m'a proposé de le rencontrer le deuxième week-end de décembre.

Octave m'avait souvent parlé de lui, mentionnant ce qu'il pensait de tel ou tel film, un voyage qu'ils avaient fait ensemble, une anecdote de leurs études… J'avais également remarqué qu'ils échangeaient très fréquemment par SMS. Il arrivait même qu'Henry appelle mon copain lorsqu'il était avec moi, ce que je supportais tant bien que mal : j'aurais aimé que nos soirées en amoureux ne soient qu'à nous… Mais j'en profitais pour téléphoner à mes parents ou à ma sœur de mon côté.

Par curiosité, j'étais allée consulter son compte Instagram, et j'avais constaté sur ses photos que lui aussi arborait une couleur de cheveux inhabituelle : ils étaient teints en rouge sombre. J'en avais déduit que les deux jeunes hommes partageaient la même vision du monde, loin des diktats parfois absurdes imposés par la société ; une impression corroborée par ce que mon copain m'avait déjà dit de son ami.

Les quelques images que j'ai vues m'ont suffi pour me dire que du duo, c'était Octave que je préférais (et ce n'était pas seulement mon cœur de jeune femme amoureuse qui parlait). Mon copain était plus beau, tout d'abord : il avait les traits fins et bien dessinés, que sa barbe soigneusement entretenue soulignait. Henry, lui, avait le visage plus quelconque, un peu bouffi, et ses joues étaient marquées par des crevasses laissées par une acné qui avait dû être sévère. Mais au-delà de ces éléments objectifs, il y avait dans son sourire quelque chose d'ironique que je ne retrouvais pas chez Octave, et qui ne m'attirait pas.

J'avais cependant hâte de le rencontrer. Je savais qu'il comptait pour mon copain, et je voulais découvrir tout ce qui constituait l'univers de ce dernier. Pendant deux mois, nous avions vécu notre relation dans une bulle, et je me sentais prête à en sortir, à intégrer Octave dans ma vie et à ce qu'il me fasse entrer dans la sienne. Aussi, quand il a émis l'idée d'inviter Henry afin que nous discutions autour d'un verre, j'ai immédiatement manifesté mon enthousiasme, bien décidée à ne pas laisser passer l'occasion.

J'ai attendu cette soirée avec autant d'impatience que d'angoisse. L'après-midi la précédant, j'ai passé des heures à réfléchir à ma tenue, allant même jusqu'à demander son avis à ma collègue Sarah pendant mon service au *Fruits & Coffee*. Elle a plaisanté en me faisant promettre de lui transmettre le numéro du meilleur ami de mon copain s'il était aussi parfait que lui.

En rentrant chez moi après le travail, je me suis appliquée sur ma coiffure et mon maquillage, peut-être plus encore que pour mon premier rendez-vous avec Octave. Parce que cette fois, je savais quels étaient les enjeux. Mon copain aussi semblait en avoir conscience : si sûr de lui d'habitude, il m'avait glissé quelques recommandations sur la manière de me comporter lors de la rencontre avec son meilleur ami, comme si lui aussi l'appréhendait.

Une fois fin prête, j'ai pris le métro en direction de l'appartement d'Octave. Lorsqu'il m'a ouvert, j'ai croisé son regard, et son sourire en me découvrant m'a donné du courage. Mais je n'ai pas pu avancer pour l'embrasser ; j'entendais déjà dans son dos une voix inconnue qui s'exclamait :

— Eh bien ! Voici donc la fameuse petite amie !

Mon copain a fait un pas sur le côté, et j'ai aperçu derrière lui son meilleur ami qui m'observait, appuyé contre le mur du salon. Un instant, il est resté ainsi à me dévisager, un sourire étrange sur les lèvres, puis il s'est approché et a collé une bise sur chacune de mes joues.

— Je suis ravi de faire ta connaissance, Sophie, m'a-t-il affirmé. Depuis le temps que j'entends parler de toi…

— Moi de même.

Nous sommes allés nous installer sur le canapé d'Octave. Sur la table basse, des verres étaient déjà préparés, et une bouteille de vin ouverte. Henry m'a posé quelques questions sur ma vie, mes études, ma famille, puis il s'est mis à discuter avec mon copain d'un concert auquel ils devaient assister la semaine suivante. Je me suis sentie un peu à l'écart de la conversation, mais cela me convenait : intimidée comme je l'étais, le silence me permettait d'être certaine de ne pas commettre une erreur qui me ridiculiserait. Sans compter que cela m'autorisait à les observer tous les deux. Henry expliquait pourquoi il trouvait ridicule la musique d'un groupe de rock pourtant en pleine ascension, et Octave approuvait avec gravité. Ils semblaient si certains de leurs goûts, si prêts à les assumer quoi qu'en pense leur entourage… Cela me donnait envie de leur ressembler.

Je les écoutais, savourant le vin et piochant de la nourriture sur le plateau d'apéritifs qu'Octave avait préparé, m'enivrant autant de la boisson que de la discussion enlevée à laquelle j'assistais. Moi, l'étudiante en philosophie qui aimait tant les belles argumentations, j'étais servie…

Toutefois, je n'étais pas là pour rester passive. Je tenais à faire bonne impression à Henry, et pour cela, il fallait que je parle, au moins un peu. J'ai profité d'une pause dans leur conversation pour lancer :

— Au fait, comment vous êtes-vous rencontrés, tous les deux ? J'ai cru comprendre que ça fait un bout de temps que vous vous connaissez ?

— Plus de quinze ans ! s'est exclamé Henry. Nous nous sommes retrouvés l'un à côté de l'autre le jour de la rentrée au collège, et depuis, nous ne nous sommes plus quittés. Même lycée, même prépa... Octave ne peut plus se passer de moi.

J'ai ri, tandis que mon copain buvait une nouvelle gorgée de vin.

— On forme un duo de choc, tous les deux, a embrayé Henry. Depuis nos études, nous sommes les outsiders de notre cercle d'amis. Nous nous suffisons à nous-mêmes ; de toute façon, rares sont les gens qui ont la même position vis-à-vis de la société que nous. Et c'est difficile de respecter quelqu'un qui ne voit pas au-delà des conventions, n'est-ce pas, Sophie ? Hors de question de prendre la pilule bleue et de nous laisser abuser par les illusions qu'on voudrait nous faire gober. Alors nous traçons notre propre chemin.

J'ai souri poliment, pas trop sûre de ce que je devais comprendre de cette tirade. Heureusement, l'atmosphère s'est vite détendue lorsqu'Henry s'est mis à me dresser un tableau des moments les plus drôles de leurs années passées ensemble.

— Tu te rappelles la fois où nous avons échangé nos copies d'histoire pour que je puisse sauver mon brevet blanc *in extremis* ? s'est-il notamment remémoré. J'étais nul pour me souvenir des dates, contrairement à toi... C'est bien l'une des seules fois où tu es rentré chez toi avec un 5, mais moi, avec ton 18, j'ai même pu taper la mention assez bien. La tête qu'a fait madame Brunel... Et puis, tu t'es bien rattrapé au vrai examen. Pas moyen d'inverser nos feuilles à ce moment-là, nous n'étions même pas dans la même pièce...

Henry a attrapé une cacahuète, puis ajouté :

— Octave est vraiment un super ami. Le meilleur de tous.

J'ai souri : au vu de la manière dont il se comportait dans notre couple, je ne pouvais qu'être d'accord. J'ai rebondi sur l'histoire que venait de raconter Henry :

— Vos parents ne se sont doutés de rien quand ils ont vu les notes arriver ?

J'ai senti l'atmosphère se tendre tout à coup. Octave a posé son verre un peu trop brusquement sur la table basse et lâché un sobre :

— Non.

Puis il s'est levé pour aller chercher quelque chose dans la cuisine. Je l'ai suivi du regard avec étonnement.

— Oh, tu n'étais pas encore au courant, Sophie ? m'a chuchoté Henry.

Je me suis tournée vers lui. Il a poursuivi :

— Octave ne voit plus ses parents, depuis des années. Ils sont... en froid.

Voilà donc pourquoi mon copain ne m'avait encore jamais parlé d'eux... Cela m'avait paru étonnant, car je mentionnais assez fréquemment les miens ainsi que ma sœur Anne, mais j'avais conscience que tout le monde n'avait pas la chance d'avoir une famille aussi unie que la mienne... Qu'Henry confirme mes craintes m'a attristée.

— Ils n'ont vraiment pas été cools avec lui, a-t-il ajouté. Quand il a eu besoin d'eux, ils ne lui ont pas accordé tout le soutien qu'il méritait, et c'est moi qui ai dû le ramasser à la petite cuillère. Il a bien fait de s'en éloigner : des personnes toxiques comme ça, mieux vaut les tenir à distance.

— D'accord...

D'un côté, qu'Henry me raconte tout cela nourrissait ma curiosité, et je me disais que connaître le passé de mon copain me permettrait de mieux le comprendre et d'éviter de futurs faux pas. Mais en même temps, ces révélations m'ont mise mal à l'aise : j'avais le sentiment de violer l'intimité d'Octave. C'était lui qui aurait dû me parler de tout cela, et non son meilleur ami... J'ai été soulagée lorsqu'il est revenu dans le salon, me dispensant de poursuivre cette conversation gênante. Après cela, Henry et lui ont embrayé sur un débat à propos d'un réseau social émergent dont je n'avais jamais entendu parler, et j'ai préféré me mettre en retrait, histoire de digérer les échanges précédents.

Au bout d'une petite demi-heure, je suis allée porter la coupelle de cacahuètes désormais vide dans la cuisine ; j'ai sursauté lorsque, en me retournant, j'ai constaté qu'Henry m'avait suivie.

— Tu l'aimes vraiment beaucoup, m'a-t-il dit en souriant. Cela se voit.

J'ai hoché la tête.

— Et il t'aime aussi. Vous allez bien ensemble tous les deux. Un vrai couple de contes de fées. Barbe Bleue et Cheveux Roses…

Henry a marqué une pause, me détaillant de la tête aux pieds, puis il a ajouté, son sourire s'élargissant :

— J'ai hâte de vous voir fiancés.

— Oh, nous en sommes encore loin…

Même si mes sentiments pour Octave gagnaient du terrain dans mon cœur de jour en jour, ma lucidité dressait encore des garde-fous à mon enthousiasme, heureusement. Je ne peux pas nier qu'il m'était arrivé de jouer à m'imaginer ce à quoi notre mariage pourrait ressembler, mais je savais faire la différence entre des fantasmes et de réels projets.

— Qui sait ? a rétorqué Henry. La vie réserve parfois des surprises… Et puis tu es une jeune femme extraordinaire, Sophie.

Le compliment m'a étonnée, étant donné le peu que le meilleur ami d'Octave avait pu entrevoir de moi ce soir-là. Mais il m'a touchée : j'avais besoin de ces mots pour me rassurer.

C'est moi qui ai quitté notre petite soirée en premier : j'aurais aimé passer la nuit chez mon copain, mais j'avais un cours important tôt le lendemain matin et je voulais être en forme. Henry m'a félicitée de m'investir autant dans mes études, et a plaisanté en disant qu'au moins, je ne lui arracherai pas son meilleur ami de sitôt. J'ai éclaté de rire, et Octave m'a raccompagnée jusqu'à la porte avant de m'embrasser passionnément dans le couloir, loin du regard de son invité.

J'ai pris le métro du retour avec le cœur plus léger qu'à l'aller. Il me semblait que j'avais fait bonne impression à Henry, suffisamment pour qu'il n'hésite pas à me faire confiance et à me livrer des détails de son passé commun avec Octave. Il était un peu trop enthousiaste pour que ça me mette parfaitement à l'aise, mais mieux valait ça que l'inverse, n'est-ce pas ?

Il ne me restait plus qu'à parler de mon copain à mon propre entourage. Je ne craignais pas vraiment leur réaction : je savais que ma famille m'aimait et qu'elle accueillerait à bras ouverts toute personne que j'aurais choisie…

Sauf cas exceptionnel.

5

Ma sœur Anne et moi avons toujours été très proches. Elle n'a que deux ans de plus que moi. On dit souvent qu'au sein d'une fratrie, la proximité en âge conduit fatalement à des conflits. Pourtant, nous ne nous sommes jamais disputées. Anne a toujours été pour moi plus qu'une sœur : une meilleure amie, une confidente. Avec un brin de sagesse et de maturité en plus, qui lui ont permis bien des fois de me donner des conseils précieux.

À l'époque où j'ai rencontré Octave, nous nous étions tout de même éloignées à cause de nos études : après sa terminale, elle est partie à Paris alors que je restais dans notre ville natale terminer mon lycée. Lorsque j'ai, à mon tour, rejoint la capitale, elle l'a quittée pour Grignon, ayant été admise après sa prépa dans l'école d'agronomie qu'elle visait. Et voilà que pour sa troisième année, elle avait choisi un cursus spécialisé à Clermont-Ferrand.

J'étais très heureuse pour elle : Anne a toujours été passionnée par la nature, et la voie qu'elle avait empruntée était celle qui lui convenait le mieux. Petite, elle pouvait passer des heures dans notre jardin, à observer les plantes, l'herbe qui verdoyait. Moi, je lisais : nos tempéraments calmes s'accordaient bien.

Mais Anne avait beau être capable de se concentrer des journées entières sur ce qui la passionnait, elle n'en était pas rêveuse ou passive pour autant. Elle a toujours su ce qu'elle voulait, et s'est toujours affirmée pour l'obtenir. Elle m'encourageait quand je manquais de confiance en moi.

Malgré toute la bonne volonté du monde, il est cependant difficile de maintenir sur le long terme une relation aussi forte que celle de deux adolescentes partageant la même maison, lorsque l'on vit dans des villes différentes. Anne et moi nous appelions souvent, une fois par semaine en général, mais nous étions moins fusionnelles que par le passé.

Aussi, je ne lui ai pas parlé d'Octave au téléphone. Au début parce que, ne sachant pas où la rencontre de l'homme à la barbe bleue allait me mener, j'ai préféré taire ce qui m'arrivait pour ne pas sembler m'emballer trop vite pour un inconnu. Puis parce qu'à mesure que mon secret grossissait, j'ai eu de moins en moins envie de le lui révéler au cours d'un appel : je voulais attendre de l'avoir en face de moi, pour voir son sourire au moment où je lui parlerais de mon bonheur, pour qu'elle me serre dans ses bras en me disant à quel point elle se réjouissait pour moi… Je lui ai aussi caché des éléments qui l'auraient poussée à me questionner : elle me connaissait si bien. Je ne lui ai pas dit que j'avais arrêté de suivre certains modules à la fac ; que je courais bien moins régulièrement qu'avant ; que je m'étais teint les cheveux en rose, surtout.

Mais les vacances de Noël sont arrivées, et j'ai retrouvé Anne chez nos parents. Ces derniers n'ont rien dit en découvrant mon extravagance capillaire : ils ont simplement écarquillé les yeux avec une surprise évidente. Plus tard, ils se sont joints à l'avis émis par ma grand-mère entre la dinde et les marrons : les études étaient le moment rêvé pour faire de nouvelles expériences dont on rirait plus tard… du moment que le travail universitaire n'était pas négligé, bien entendu. Je me suis sentie un peu mal à l'aise, songeant au temps que j'avais passé loin de mes cours, avec Octave. Rien que pendant les vacances, j'avais souvent ouvert mes classeurs, mais pour bien vite poser mon téléphone dessus et envoyer des SMS à celui que j'aimais et qui me manquait tant. Il voulait que nous passions Noël tous les deux, en couple, mais j'avais refusé : ç'aurait été la première fois que je n'aurais pas été avec ma famille le 25 décembre, et je ne me sentais pas encore prête pour cela. Mon cœur s'est serré lorsque je me suis rappelé qu'il était en froid avec ses parents, et qu'il serait peut-être seul pour les fêtes. J'ai hésité à l'inviter à venir avec moi, mais il m'a assuré qu'il était toujours le bienvenu chez Henry. De plus, il comptait profiter de la période pour prendre des missions supplémentaires en free-lance, à un moment de l'année où beaucoup de ses concurrents étaient indisponibles. Je lui ai promis que je lui enverrai autant de SMS que possible pour lui tenir compagnie, même à distance.

Pour en revenir à Anne, elle s'est bien rendu compte en me voyant que quelque chose avait changé : la Sophie avec qui elle avait grandi n'aurait jamais eu seule l'idée de se teindre les cheveux en rose. Et le lui aurait encore moins caché.

Aussi, dès qu'elle a pu me coincer seule dans ma chambre, elle s'est assise sur mon lit et m'a déclaré de but en blanc :

— Sophie Glénan, je crois que tu as des choses à me raconter !

J'ai rougi, à la fois pudique et excitée à l'idée de parler de mon idylle avec ma sœur. Sans me faire prier, je lui ai raconté toute mon histoire.

La réaction d'Anne m'a surprise. Elle, qui d'habitude s'enthousiasmait lorsque je lui racontais mes aventures de cœur, m'interrompant régulièrement pour me demander davantage de détails, est restée murée dans le silence tout le temps qu'a duré mon récit. Plus je lui vantais les mérites d'Octave, plus son visage se fermait. J'ai bien senti que quelque chose n'allait pas, mais je suis tout de même allée au bout de mon récit, espérant que je me leurrais.

Ce n'était pas le cas. Lorsque je me suis tue, Anne est restée cinq longues secondes silencieuse. Puis elle m'a demandé :

— Il s'appelle Octave, donc ?

— C'est ça. Octave Valette.

— Et sa barbe est bleue ?

— Oui !

Je m'étonnais de ces questions. J'aurais imaginé que ma sœur réclamerait des détails romantiques, pas qu'elle me soumettrait à un interrogatoire d'état civil... Elle a froncé les sourcils, puis m'a avoué en soupirant :

— Je suis désolée, Sophie... Je pense que tu te trompes sur son compte. Je vois bien que tu es amoureuse de lui, mais ce n'est pas quelqu'un pour toi. Il va te faire du mal.

J'ai ouvert la bouche, prête à m'insurger contre les préjugés d'Anne. Elle m'a prise de vitesse et ajouté :

— Je ne pense pas qu'il y ait deux Octave à la barbe bleue dans Paris. Et j'ai entendu parler de lui. Tu n'es pas la première qu'il séduit, aussi vite, avec autant de charme. Il joue avec toi, mais il va te détruire… Et je ne veux pas ramasser les morceaux.

Au fond de moi, je savais que ma sœur n'était pas du genre à parler à la légère. Que si elle me mettait en garde, ce n'était pas sans de sérieuses motivations. Malgré tout, j'ai lâché d'une voix plus cinglante qu'elle ne l'avait mérité :

— Qu'est-ce que tu en sais ? Tu le connais ?

Elle a souri tristement.

— Pas personnellement, non. Mais tu te souviens d'Émilie, mon amie de lycée ?

— Vaguement.

Je me rappelais l'ancienne bande de copines de ma sœur comme d'un groupe : il y avait une brune avec des lunettes épaisses, une autre un peu enrobée avec une queue de cheval, une blonde qui se faisait toujours des tresses… Je les avais croisées dans les couloirs du lycée quand j'étais en seconde et elles en terminale. Mais cela faisait plusieurs années, et je n'étais plus capable de dire laquelle d'entre elles était Émilie.

— Elle a été en couple avec ton Octave il y a deux ans, a poursuivi ma sœur. Elle était folle amoureuse de lui, comme toi. Et il l'a larguée d'une manière horrible.

— Comment ça ?

— Ils étaient fiancés, Sophie…

— Fiancés ?

Cela me surprenait : Octave ne m'avait jamais mentionné un quelconque engagement précédent. En même temps, nous n'étions ensemble que depuis peu de temps. Il n'avait sans doute pas eu envie de me faire fuir. Après tout, moi non plus je ne lui avais pas parlé de mes ex… C'était notre passé, et la seule chose sur laquelle je voulais me concentrer, c'était le présent merveilleux que nous partagions tous les deux.

— Oui, fiancés, a confirmé Anne. Émilie ne m'a pas tout raconté, mais selon elle, ce n'était pas la première fois qu'Octave passait la bague au doigt d'une fille avant de la jeter comme un mouchoir sale.

Cela devenait invraisemblable. Je n'arrivais pas à imaginer Octave, *mon* Octave, se comportant de la sorte. Ou alors, c'est que ma sœur avait raison, et qu'il jouait avec moi d'une manière si habile que je ne remarquais rien.

— Émilie ne t'a pas dit ça sous le coup de la colère ? ai-je demandé. Elle a peut-être imaginé des trucs sur lui pour surmonter leur rupture.

Anne a secoué la tête.

— Non, je ne pense pas. Je suis sûre que le problème ne venait pas d'elle. Elle a toujours été une fille adorable, elle ne se mettrait jamais à diaboliser quelqu'un comme ça ni à inventer des horreurs, même dans les pires circonstances. Si elle me dit qu'Octave a agi avec elle d'une manière inhumaine, je la crois. Et puis, son état parle pour elle. Elle qui était pleine de projets… Il l'a brisée. Elle n'a plus jamais été la même après leur rupture. Elle a passé six mois à pleurer, et même maintenant, on sent qu'il lui a volé une grande partie de sa confiance en elle. Si elle en est arrivée là… je n'ose même pas imaginer ce qu'il lui a fait. C'est forcément pire que quelques paroles méchantes, celles qu'on dit quand on veut quitter quelqu'un et qui dépassent notre pensée. Émilie ne m'a pas donné tous les détails, et je ne lui ai pas posé de questions : je voyais bien que se souvenir de ce qui était arrivé lui faisait mal, et qu'il valait mieux que j'essaye de lui changer les idées, autant que possible.

Anne a dégluti, et son regard s'est voilé de tristesse lorsqu'elle a ajouté :

— Je ne veux pas que cet Octave te détruise toi aussi, Sophie, surtout si je peux l'empêcher.

Les propos de ma sœur m'ont effrayée. Ce n'étaient pas des avertissements en l'air qu'elle me livrait : ils comportaient une dimension concrète qui me terrifiait. Je ne pouvais plus me voiler la face : il y avait quelque chose de louche à propos de mon copain. Tous les moments de doute, où je m'étais interrogée sur les raisons qui avaient pu pousser un homme comme lui à s'intéresser à moi, toutes les discordances, toutes les fois où notre relation m'avait paru trop parfaite pour être vraie, trop rapide pour être saine, me sont revenus en mémoire, et j'ai blêmi.

Anne l'a remarqué. Elle m'a pris la main et m'a proposé :

— Écoute, je vois bien que tu as du mal à accepter ce que je suis en train de te dire. Je comprends : je ne sais pas comment je réagirais si j'étais dans la même situation. Émilie t'aime bien : même si se souvenir de son histoire avec Octave est difficile pour elle, je pense qu'elle accepterait de te voir pour répondre à tes questions et te raconter l'essentiel. Elle m'a toujours dit qu'elle ne souhaitait à personne de subir le même sort qu'elle, et puisqu'en plus elle te connaît... Je peux lui envoyer un SMS, si tu veux.

— D'accord... Contacte-la.

Maintenant que ma sœur avait insinué le doute dans mon esprit, je n'avais pas d'autre choix que de chercher à découvrir ce qui s'était vraiment passé entre Émilie et Octave. Parce que je ne voulais pas du poison de la suspicion dans mon couple : je me convainquais que j'allais sortir de cette confrontation avec les preuves que mon copain était innocent. Envisager l'inverse me tétanisait.

Anne m'a adressé un sourire plein de compassion, et a pianoté quelques instants sur son téléphone. J'ai patienté en silence en serrant mon oreiller contre moi, comme un bouclier capable de me protéger des blessures.

Heureusement, la réponse d'Émilie est arrivée relativement vite. Elle acceptait de me rencontrer pour parler d'Octave. Ma sœur faisant l'intermédiaire par SMS, nous sommes convenues de nous retrouver dans un café le dimanche suivant mon retour à Paris. Nous avons pensé à nous appeler, mais notre conversation promettait d'être longue, et étant en famille toutes les deux, nous n'aurions pu la mener sans être dérangées. Et puis, Émilie semblait avoir besoin de temps pour se préparer à me parler – du moins, c'est ainsi qu'Anne interprétait son insistance à vouloir attendre jusqu'à ce que nous puissions discuter en face à face.

D'ici là, j'avais deux semaines à patienter. Deux semaines au cours desquelles Octave m'a appelée régulièrement et m'a envoyé des messages encore plus souvent, comme le parfait petit ami qu'il avait toujours été depuis notre rencontre.

Qu'étais-je censée faire ? Si j'en croyais Anne, ce n'était qu'une façade. Mais je ne voulais pas le repousser sans preuves…

Deux semaines à jouer la comédie… c'est long. Et je n'ai jamais été une grande actrice. Octave a dû sentir que quelque chose n'allait pas. J'entretenais notre relation, mais presque par obligation, sans m'y engager corps et âme comme auparavant. S'il n'avait tenu qu'à moi, j'aurais préféré ne pas avoir de contacts avec lui pendant ces deux semaines, et ne le revoir que lorsque ce qu'il avait fait à Émilie aurait été tiré au clair. Il me manquait, pourtant, et cela me faisait peur, car je me rendais compte que je tenais vraiment à lui alors que j'allais peut-être devoir le quitter dans quelques jours.

Le fait que je sois si distante au téléphone a semblé le déstabiliser. Il avait l'air perdu, blessé, et il essayait de gagner à nouveau mon attention d'une manière bien moins maîtrisée qu'auparavant. Si je n'avais pas été aussi effrayée par la perspective des révélations d'Émilie, cela lui aurait acquis mon cœur encore davantage : il me dévoilait une facette de lui que je ne connaissais pas encore, empreinte d'une touchante fragilité. Et il me démontrait une fois de plus la profondeur de réflexion dont il était capable : il abordait de nombreux sujets, de la peinture à la crise écologique en passant par la mode, avec toujours la même complexité qui me plaisait tant chez lui. Mais cela ne suffisait pas. Pas dans ces circonstances.

Quand je suis rentrée à Paris, il a insisté pour que nous nous voyions. C'était légitime. Sans ma sœur et ses propos qui m'avaient retourné l'esprit, j'aurais couru à l'appartement de mon copain à peine descendue du train.

J'ai accepté de passer chez lui le mercredi soir. L'heure où je suis restée là-bas a été à l'image de nos discussions téléphoniques, à la différence près qu'Octave a été plus direct :

— Qu'est-ce qu'il y a, Sophie ? Tu as changé depuis que tu es partie en vacances.

— Rien… Il n'y a rien. Je… Je suis juste fatiguée.

— Parle-moi. Je vois bien que ce n'est pas *rien*. Je t'aime, je ne veux pas te perdre sans comprendre… Je pars à Rennes pour le travail la semaine prochaine, je n'ai pas envie que cela nous éloigne encore plus et que je ne te trouve plus à mon retour…

Je l'ai regardé, surprise.

— Tu pars ? Tu ne me l'avais pas dit.

— Je ne l'ai su que ce matin. C'est important… Mais si tu veux que je reste, je…

— Non, non. Il faut que tu y ailles. Qu'est-ce que tu vas faire là-bas ?

Octave m'a serrée contre lui et s'est lancé dans des explications que je n'ai écoutées que d'une oreille. L'autre était posée contre sa poitrine et suivait les battements de son cœur. Entre les deux, mon cerveau était tiraillé entre ma raison, qui me poussait à écouter Anne, et mes sentiments, qui m'entraînaient vers celui que j'aimais.

J'ai quitté mon copain avec un baiser ce mercredi-là. J'avais pleinement conscience que c'était peut-être le dernier, alors je l'ai fait durer. J'y ai mis toute la passion qu'Octave avait attisée en moi depuis notre rencontre au *Fruits & Coffee*, et que j'avais refoulée depuis ma discussion avec Anne. Il y a répondu avec une fougue impossible à simuler.

Puis je suis partie sans me retourner. Cette fois, j'étais au pied du mur. J'allais voir Émilie, et je *saurais*. Dans un sens ou dans l'autre, j'allais enfin être fixée concernant Octave.

6

Lorsqu'Émilie est rentrée dans le café où nous avions rendez-vous, je l'ai reconnue instantanément : c'était effectivement l'une des amies d'Anne dont je me souvenais de l'apparence, sans être capable d'y associer un nom. La brune un peu enrobée avec une queue de cheval.

Elle avait changé, et pas dans le bon sens… Je me souvenais qu'adolescente, je trouvais qu'elle était la plus belle des amies de ma sœur. Elle assumait ses rondeurs, à un âge où elle aurait pu si facilement se laisser complexer par le regard des autres. Elle faisait du sport, se maquillait, savait se mettre en valeur… Elle attirait l'attention positivement, et j'avais l'impression que cela lui plaisait. Bien sûr, à cause de cela, elle était régulièrement la cible de moqueries de la part des autres filles populaires qui se disputaient la première place dans l'arène du lycée, et son poids était un thème tout trouvé pour leurs attaques. Mais à l'époque, elle ne se laissait jamais déstabiliser par ce genre de coups bas.

Il n'y avait malheureusement qu'un seul point commun entre la fille assurée qu'elle était et celle que j'ai vue entrer dans le café ce jour-là : sa queue de cheval fétiche, accessoirisée d'un serre-tête noir.

Sa démarche faisait peine à voir : la tête rentrée, les épaules un peu voûtées, elle semblait chercher à se protéger du monde extérieur. Autrefois si élégante, elle cachait désormais son corps en le noyant sous un sweat-shirt un peu large.

D'après ce que m'avait dit Anne, tous ces changements étaient liés à Octave. Si c'était effectivement le cas, j'avais vraiment du souci à me faire.

Émilie m'a reconnue elle aussi, et s'est assise à ma table. Nous nous sommes saluées, puis nous avons commandé nos boissons. Ensuite, un silence gênant s'est installé. Je ne savais pas comment aborder la raison de notre rencontre.

Hey, d'après ce que m'a dit ma sœur, je sors avec le mec qui t'a brisé le cœur, donc j'aimerais que tu me racontes tout pour que je sache si je dois le fuir, ou si tu es une affabulatrice qui a exagéré une rupture à peu près normale.

Émilie a finalement brisé la glace en me demandant :

— Alors comme ça, c'est toi qui as l'immense plaisir d'être en couple avec Octave Valette, l'homme à la barbe bleue ?

— Eh bien… oui.

— Je parie que tu te dis que tu n'as jamais rencontré une personne comme lui, que même dans tes rêves les plus fous, l'amour que l'on pouvait te porter n'était pas aussi fort ?

Le ton d'Émilie était à la fois amer et mélancolique. Je me suis contentée de hocher la tête, la question étant trop intime, et la réponse – positive – risquant de lui faire mal.

— Laisse-moi deviner… Il t'a abordée à un moment où tu étais particulièrement peu sûre de toi, mais tel un prince charmant il t'a remarquée alors que toi-même, tu te dévalorisais ?

J'aurais voulu démentir, mais je devais admettre que ma rencontre avec Octave correspondait à ce qu'Émilie décrivait. Je n'avais jamais compris ce que mon copain avait vu chez moi ce jour-là. Mais ça ne prouvait rien, non ?

Devinant sans doute à mon expression qui se décomposait qu'elle avait visé juste, Émilie m'a avoué :

— Moi, c'était en boîte de nuit. J'étais au bar toute seule, comme d'habitude laissée sur le carreau, alors que mes copines plus minces avaient trouvé un mec pour s'éclater avec elles sur la piste de danse depuis longtemps déjà. Et là, alors que je n'espérais plus qu'on me remarque, Octave est apparu. Ce n'était pas un hasard : je suis certaine qu'il cible les filles qui lui paraissent fragiles pour qu'elles lui tombent dans les bras.

— Il ne m'a pas donné l'impression d'être si calculateur, ai-je rétorqué aussitôt.

— Oui, moi non plus je ne me suis doutée de rien, sur le coup. Je ne comprenais pas pourquoi il s'était intéressé à moi, mais l'ego nous pousse vite à fermer les yeux là-dessus. Surtout quand on a l'impression d'être propulsée en pleine comédie romantique. Une succession ininterrompue de baisers, de mots d'amour, de dîners aux chandelles, de compliments... Tu en es là, n'est-ce pas ? Tu crois vraiment qu'une relation pourrait être si parfaite ?

Émilie jouait avec mes doutes. Bien sûr que tout cela me paraissait incroyable ; entre mes ex et moi, les choses n'avaient jamais été aussi idylliques, même dans les premiers temps. Je me disais que j'avais trouvé la perle rare ; mais l'amie de ma sœur me laissait entrevoir une autre hypothèse, bien plus sombre : que tout cela n'était qu'une façade vouée à s'effriter...

Mais pourquoi ? Qu'est-ce qu'Octave aurait bien pu avoir à cacher, qu'aurait-il eu à gagner à se comporter en petit ami idéal de la sorte ? Je ne comprenais pas.

— Il s'intéresse vraiment à moi, l'ai-je vigoureusement défendu. Il ne se contente pas d'un vernis de romantisme, il m'écoute et m'épaule quand j'ai besoin de lui, même face à des problèmes qui ne concernent pas directement notre couple. Il m'a aidée à prendre du recul par rapport aux exigences trop élevées que je m'imposais à moi-même, et…

— Wow wow wow ! m'a arrêtée Émilie en levant une main.

Capitulait-elle ? Allait-elle reconnaître qu'en effet, ma relation avec Octave était différente de celle qu'elle avait eue avec lui ? Je l'espérais de tout mon cœur. Ce dernier battait d'ailleurs si fort dans ma poitrine… J'étais follement amoureuse et je priais pour ne pas devoir renoncer au bonheur que j'avais trouvé.

Mais une fois de plus, l'amie de ma sœur n'a pas paru surprise par ce que je lui racontais.

— Oui, oui, j'entends bien, il est parfait, a-t-elle soupiré. Je n'ai pas envie d'en entendre davantage, désolée. Moi aussi, j'avais l'impression d'être spéciale à ses yeux, comme toi. Tu sais que je me suis lancée dans le mannequinat sur Instagram, à l'époque ? Eh bien, c'était grâce à lui. Il me soutenait, il me répétait tous les jours que j'étais belle, il m'encourageait, il n'hésitait pas à passer des heures à m'aider sur mes shootings… Ça ne l'a pas empêché de briser tout ça lorsqu'il en a eu assez de jouer avec moi. Il y est parvenu d'autant plus facilement que j'avais eu assez confiance en lui pour lui dévoiler toutes mes failles.

— Non, je ne savais pas. Je…

Troublée, j'en perdais mes mots. Acide, Émilie a ajouté :

— Pas la peine de chercher mon compte, au fait. Je l'ai supprimé après… tout ça. « Fatty la Baleine » se faisait des illusions en s'imaginant qu'elle pouvait percer de cette manière.

J'ai failli m'étrangler avec mon thé.

— Fatty… quoi ? ai-je répété, incrédule.

— Tu as bien entendu. C'est comme ça qu'Octave me surnommait derrière mon dos.

Je me suis crispée. Jusque-là, Émilie était restée vague : elle me dépeignait une relation idyllique en m'affirmant que cela cachait autre chose. Mais là, cela devenait concret… Le qualificatif qu'elle avait employé était d'une violence qui me sidérait.

— Comment l'as-tu appris ? ai-je demandé, soudain prise de panique.

— Comme tout le reste : après notre rupture.

— Vous… vous étiez fiancés, n'est-ce pas ?

Je ne m'embarrassais plus de prudence dans mes propos. Désormais, mon besoin d'apprendre la vérité était plus fort que tout.

— Eh oui… a soupiré Émilie. Nous étions ensemble depuis près de six mois quand il m'a fait sa demande. C'était un dimanche soir, et c'était ultraromantique. Bague ornée d'un diamant, baisers passionnés, promesses d'amour éternel, la totale. J'ai accepté sans l'ombre d'une hésitation, je n'ai même pas tiqué en me disant que c'était rapide pour se fiancer. Et deux semaines après tout pile, pouf ! La désillusion brutale.

— Il n'y a pas eu de signe avant-coureur ? De dispute qui pourrait expliquer le choix d'Octave ?

— Non, rien. J'étais en train de surfer sur un site de robes de mariée quand j'ai reçu un SMS de rupture. « Je ne peux pas continuer avec toi. Je suis désolé. » Un SMS, tu te rends compte !

J'ai acquiescé gravement. Ne pas larguer quelqu'un par texto faisait partie des règles de base de la décence, j'en convenais… Mais cela ne ressemblait pas à l'Octave que je connaissais. Lui qui était si patient avec moi, si compréhensif, je l'imaginais mal présenter soudain un visage aussi froid. J'étais persuadée qu'il devait avoir une excuse, une bonne raison qu'Émilie ne m'avouait pas encore, et j'étais déterminée à la trouver.

— Tu lui as demandé des explications ? l'ai-je questionnée.

— Bien sûr. J'étais abasourdie, je ne parvenais pas à y croire. J'ai filé chez lui directement. Je me disais que la perspective du mariage lui était montée à la tête, qu'il regrettait de m'avoir fait sa demande aussi vite et qu'il flippait parce qu'il ne se sentait pas prêt. J'aurais compris, j'aurais été d'accord pour poursuivre notre relation en écartant cette pression : ces fiançailles m'avaient rendue heureuse, mais s'il avait fallu les repousser, je n'en aurais pas été effondrée.

— Et ?

— Et je lui ai dit tout ça dès que je suis arrivée chez lui. J'ai déballé ce que j'avais préparé dans ma tête au cours du trajet. Ça l'a laissé de marbre. Il m'a répété qu'il était désolé, mais qu'il ne m'aimait pas assez.

— Pas assez… pour quoi ?

— Je ne sais pas, il ne l'a pas précisé. Et pourtant, je peux te dire que j'ai insisté pour obtenir des explications. Sans succès. Il s'est muré dans le silence et je n'en ai plus rien tiré. Alors je suis rentrée chez moi. Je n'arrivais pas à accepter que ce qui s'était passé était réel, j'avais l'impression de marcher dans un cauchemar qui se dissiperait. Il devait se dissiper…

L'expression d'Émilie parlait à la place de sa voix qui se mourait. Non, son cauchemar ne s'était pas dissipé... À en croire l'air abattu qu'elle arborait depuis qu'elle était entrée dans le café, elle le vivait encore.

— Je suis revenue deux jours plus tard, a-t-elle repris, amère. Je ne pouvais pas abandonner comme ça, me lamenter sur les morceaux de mon cœur brisé sans me battre. Je n'aurais pas dû. C'est mon âme qui s'est trouvée laminée par cette seconde confrontation.

J'ai tendu la main pour saisir celle d'Émilie dans la mienne. Je sentais qu'elle parvenait au point le plus difficile de son récit, et même si je n'étais pas prête à condamner Octave sans réserve comme elle voulait m'y pousser, je ne voulais pas me montrer inhumaine et lui refuser mon soutien.

— Je n'ai même pas atteint Octave, a-t-elle soupiré. C'est sur Henry que je suis tombée dans le couloir menant à son appartement. Le mutisme de mon ex-fiancé m'avait agacé, je voulais des explications ? Eh bien, j'ai été plus que servie...

Émilie a retiré sa main de la mienne pour saisir son front entre ses paumes.

— Henry m'a balancé que j'étais grosse, répugnante, que je n'étais pas digne d'Octave. Que la seule raison pour laquelle il s'était intéressé à moi, c'est parce que j'étais facile à séduire. Qu'il ne pourrait jamais m'aimer, jamais assez pour faire de moi sa femme. « Fatty la Baleine, le plus idiot des cachalots », voilà ce qu'il m'a balancé.

— Ça me semble...

— Cru ? Oui, mais c'est bien ce qu'il a dit. J'en suis sûre, il l'a répété plusieurs fois. Tu penses vraiment que j'aurais inventé ça ?

J'ai secoué la tête. J'étais atterrée par le comportement d'Henry. Même si je ne m'étais pas découvert de profonde sympathie avec lui lorsque je l'avais rencontré, je ne l'imaginais tout de même pas capable de se montrer aussi inhumain... Et de la part de mon petit ami, cela me paraissait inconcevable. Une fois de plus, j'ai tenté de le défendre :

— Ce n'est pas Octave qui parlait. Peut-être que lui, il ne pensait pas tout ça.

— Ah oui ? Et dans ce cas, pourquoi n'a-t-il pas réagi pour arrêter son copain ? Parce qu'il était là, il a tout entendu. Je l'ai vu : il a ouvert la porte de son appartement à un moment donné, pour voir ce qui se passait – avant de retourner se cacher, évidemment. C'est ça qui me tue : qu'il n'ait pas du tout assumé. Il pensait la même chose qu'Henry à mon propos, c'est sûr : sinon, il ne l'aurait pas laissé me balancer de telles horreurs.

Personne n'aurait pu y rester insensible… à moins d'être soi-même complètement tordu. Il s'est caché derrière son ami pour me détruire. Quelle pourriture…

Émilie a soupiré, puis ajouté :

— Je suis partie à ce moment-là. Quand j'ai réalisé qu'Octave entendait tout, et qu'il ne lèverait pas le petit doigt pour moi. J'ai jeté ma bague de fiançailles aux pieds d'Henry et je suis partie. Ça ne l'a pas calmé : il a continué à me balancer des mots durs. Que j'étais aussi bête que les autres, que j'étais beaucoup trop naïve… Tout ça en m'appelant « Fatty la Baleine ». C'était… horrible.

J'étais prête à le croire. Ce que m'avait raconté Émilie laissait peu de place au doute : elle était une victime dans cette histoire. Mais pourquoi un tel déferlement de cruauté de la part d'Octave et Henry ? Pourquoi cette rupture si brutale, pourquoi ce venin craché à sa figure ? Je ne pouvais m'empêcher de chercher la faille dans l'histoire de l'amie de ma sœur, le détail que nous aurions manqué et qui expliquerait tout, qui disculperait mon petit ami.

Ma raison avait déjà compris qu'il allait me falloir tirer un trait sur lui, mais mon cœur s'obstinait encore à refuser de le déclarer coupable…

Émilie a dû sentir ce qui se passait dans mon esprit, car elle a ajouté :

— Je sais ce que tu te dis, Sophie. Que ça ne peut pas être vrai. Mais ça l'est, je t'assure que ça l'est.

Comme habitée, elle a saisi mon poignet et l'a serré avec une force que je ne lui soupçonnais pas.

— Depuis deux ans, je ne fais que me battre contre les démons qu'Octave m'a mis dans le crâne. Je vois un psy, je prends des médicaments, je tente de sortir du gouffre où il m'a plongée en quelques minutes à peine… Mais je sens bien que je suis changée. Je n'arrive plus à rassembler assez de confiance en moi pour me lancer dans de nouveaux projets, pour me dire que j'en vaux la peine et y croire… Ça ne devrait pas être possible de manipuler les gens comme ça. Pour qu'ils vous aiment, ou pour qu'ils se détestent. Et pourtant, regarde ce qu'il reste de moi. Ne me rejoins pas dans ce précipice : fuis cet homme, Sophie, et bats-toi pour qu'il n'ait pas la moindre possibilité de te briser le cœur.

Mes pensées étaient troubles, encore hésitantes. Cependant, il y a une chose dont j'étais déjà certaine : je ne voulais pas finir comme Émilie. Je me le suis promis : je ne fermerais pas les yeux sur ses avertissements. À voix haute, j'ai affirmé :

— Il ne me brisera pas.

L'amie de ma sœur m'a lâchée et a hoché la tête en se renfonçant dans la banquette.

— C'est bien, m'a-t-elle répondu. Maintenant, tu sais ce qui te reste à faire. Le quitter… avant qu'il ne soit trop tard.

7

C'est hébétée que je suis rentrée chez moi après ma rencontre avec Émilie. Nous avions parlé un petit quart d'heure encore après qu'elle m'avait livré ses mises en garde : de nos vies, de nos études... Mais aucune de nous deux n'avait vraiment le cœur à s'attarder. Pour ma part, j'aspirais à me retrouver au calme pour mettre de l'ordre dans mes pensées ; et de son côté, j'imagine qu'elle ne tenait pas à prolonger une discussion qui la renvoyait à une période si sombre de son passé.

Aussitôt arrivée chez moi, je me suis laissé tomber sur mon lit, l'esprit en vrac. J'avais encore du mal à croire à ce que je venais d'apprendre, à accepter l'idée que mon Octave, si prévenant, si compréhensif, puisse s'être comporté de manière si monstrueuse avec l'amie de ma sœur... et qu'il pourrait sans doute agir de même avec moi. Comment se pouvait-il qu'il n'y ait pas de signes annonciateurs de sa cruauté ? Il me paraissait inconcevable de dissimuler sa véritable personnalité à ce point, pendant si longtemps. Et je ne croyais pas non plus à une méchanceté feinte dans le cadre d'une rupture : pour être capable de dire des horreurs telles que celles qui avaient blessé Émilie, il fallait les penser…

Au bout d'une dizaine de minutes, j'ai soupiré, roulé sur le côté et récupéré mon portable dans mon sac à main. Avais-je été trop naïve ? Aveuglée par l'amour, peut-être avais-je manqué des signaux dans le comportement d'Octave qui auraient dû m'alerter ? Mais je savais où trouver des éléments concrets sur lesquels m'appuyer : les réseaux sociaux. Si mon petit ami avait mal agi avec ses ex, je devais sûrement pouvoir en retrouver des traces sur son compte Instagram. Il me suffisait de bien chercher…

J'ai ouvert l'application et commencé à faire défiler les publications. Les plus récentes m'étaient familières : j'avais guetté leur apparition ces dernières semaines, accro à la moindre photo, au moindre mot posté par celui que j'aimais. Je les ai passées rapidement pour accéder aux plus anciennes. J'ai lu les commentaires sous chacune des images, examiné les likes distribués… sans rien constater de frappant. Il y avait bien des femmes qui semblaient entrer dans la vie d'Octave puis la quitter, mais sans que quoi que ce soit n'exprime la moindre malveillance de sa part. Pas de messages haineux, pas d'insultes, pas d'échanges amers… Cela dit, leur absence ne prouvait rien : je n'oubliais pas que mon petit ami travaillait dans la communication. La e-réputation, c'était quelque chose qu'il maîtrisait. Nul doute qu'il savait comment nettoyer son profil pour en effacer les éléments compromettants. J'avais bien vu passer des likes et des commentaires d'Émilie sur des publications datant de deux ans, mais rien qui ne venait documenter leur rupture de fiançailles ou bien les propos cruels qu'elle s'était pris en pleine figure.

De guerre lasse, j'ai fini par reposer mon téléphone sur mon oreiller, découragée. À quoi m'attendais-je ? À trouver un tableau Excel répertoriant les relations passées d'Octave ? Un album photo intitulé « ex-futures femmes » ? Des publications dans lesquelles il se moquerait ouvertement de « Fatty la Baleine » ?

Ce surnom me restait en tête. Il avait frappé Émilie, et il me marquait également. Cela ne ressemblait pas à l'une de ces insultes faciles que l'on balance sous le coup de la colère parce qu'elles sont les premières à nous venir en tête. Non, cela ressemblait à un sobriquet forgé par le temps, qu'Henry et Octave avaient dû employer ensemble bien avant qu'il ne rompe avec l'amie de ma sœur. Était-ce une piste que je pouvais exploiter ?

Je n'avais rien à perdre, de toute façon. Sans vraiment y croire, j'ai tapé « Fatty la Baleine » dans Google. J'ai ressenti, ce faisant, un peu de culpabilité : ce n'était pas le genre de choses que j'avais envie d'apprendre à l'algorithme du moteur de recherche…

Des liens sont apparus. J'ai cliqué sur le premier sans vraiment regarder de quoi il était question.

Un logo s'est affiché en haut de l'écran. « BrosOverHoes », lisait-on. « Les frères avant les pouffiasses », littéralement. « Par les hommes, pour les hommes », précisait un sous-titre. J'ai haussé un sourcil. La couleur était annoncée…

Comme j'avais accédé au site *via* une recherche, je n'étais pas arrivée sur la page d'accueil, mais sur ce qui ressemblait à un article de blog rédigé par un certain « Barbarossa », qui avait été posté un peu moins de deux ans plus tôt. Le titre ? « Fatty la Baleine enfin de retour dans son océan de médiocrité. » Effarée, j'ai parcouru les quelques lignes du billet :

> Ça y est, Barbe Bleue a enfin largué le cachalot qui lui servait de copine ces derniers mois. Il était temps… Vous vous doutez qu'elle s'est montrée aussi naïve que les autres. Une demande de fiançailles et elle

lui a sauté dans les bras. Enfin, sauté… Pour autant qu'elle le puisse, cette grosse baleine. Elle aurait été moins enthousiaste si elle s'était rappelé à quel point elle aurait l'air ridicule en robe blanche. Serrée comme une sardine en boîte. Je ne ferai même pas la blague du thon, beaucoup trop facile… Mon ami a rangé la bague avec les autres. Une preuve de plus que lorsqu'on lui raconte ce qu'elle veut entendre, n'importe quelle femme peut nous tomber dans les bras. En tout cas, j'ai hâte de voir quelle sera la prochaine prise de Barbe Bleue… et je crois qu'il en a déjà une dans le viseur. Je vous tiens au courant dès que possible, chers followers !

Tout collait ; en lisant cela, je n'ai eu aucun doute quant au fait que c'était d'Émilie qu'il était question. Et il me semblait évident que celui qui avait rédigé ces lignes était Henry ; son pseudonyme faisait évidemment référence à la couleur de sa barbe.

Je suis remontée en haut de la page pour consulter le menu du site. J'ai appuyé sur le premier onglet, « Récapitulatif ». Un tableau s'est affiché, divisé en sept lignes. Sur chacune d'entre elles était indiqué un surnom, qui correspondait probablement à une jeune femme qu'Octave avait séduite, une date de début de relation, une date de fiançailles et une date de rupture. Chose qui m'a étonnée, les deux dernières étaient toujours séparées par un intervalle de quinze jours exactement… mais je ne me suis pas attardée là-dessus, car autre chose a accaparé mon attention. La dernière ligne du tableau n'était pas complète. « Barbie Philosophe » n'avait pas encore été larguée…

Mon estomac s'est retourné lorsque j'ai percuté que c'était ainsi que les deux amis m'appelaient derrière mon dos.

Je suis retournée dans la section blog et me suis forcée à consulter les articles les plus récents. On rêve souvent de découvrir ce que les autres disent de nous lorsque nous avons l'oreille ailleurs, mais l'expérience que j'ai faite ce jour-là n'a rien eu d'agréable. Depuis plusieurs semaines, je me voyais exceptionnelle dans le regard d'Octave ; les mots que j'ai lus sur ce site me jetaient plus bas que terre. L'un des billets parlait de la soirée où j'avais rencontré Henry pour la première fois. Il en disait :

J'ai enfin vu Barbie Philosophe. Elle est telle qu'on pouvait s'y attendre : plate et aseptisée. Elle a teint ses cheveux en rose pour copier mon style et celui de Barbe Bleue, mais chez elle, ça a juste l'air ridicule. Je suis

sûr que ses camarades se moquent d'elle à la fac, et elle endure tout ça juste pour s'accrocher à son couple. Quand je vous dis que les femmes sont prêtes à tout pour nous coincer dans un mariage…
Barbe Bleue et moi avons discuté et elle, elle a passé la majeure partie de son temps à nous dévisager d'un air stupide. La seule fois où elle a pris la parole plus de quelques instants, ça a été pour parler des parents de mon ami. Une vraie cruche…
Je l'ai prise à part pour lui assurer qu'elle était la femme parfaite pour Barbe Bleue et elle m'a cru, bien évidemment. Elle a gloussé quand j'ai dit que j'avais hâte de les voir fiancés… À votre avis, combien de temps faudra-t-il pour qu'elle lui tombe dans les bras ? Je vous rappelle que les paris sont ouverts ! Pour ma part, je pense que le record pourrait être battu !

J'avais envie de vomir. J'ai suivi le lien à la fin de l'article et je suis arrivée sur une page où il était écrit « Combien de temps pour Barbie Philosophe ? » en énorme. En dessous, il était possible de proposer une durée estimée avant les fiançailles… et donc, la rupture, inévitable, deux semaines plus tard. La plupart des participations me donnaient entre quatre et huit mois… Charmant. Les commentaires l'étaient encore plus :

Elle a le corps de Barbie, au moins ?

Deux semaines. C'est une étudiante, elle est dans la dèche, elle veut ferrer un poisson qui l'entretiendra... Enfin, ça, c'est ce qu'elle pense.

Franchement, pourquoi gâche-t-on l'argent de l'État en laissant les femmes faire des études ? Elles restent débiles de toute façon.

C'était insoutenable. Il y avait au moins une trentaine de messages comme ceux-là. Les parcourir tous était au-dessus de mes forces...

J'ai éteint l'écran de mon téléphone et je l'ai rejeté loin de moi avant de me rouler en boule sur mon lit. J'avais mal, si mal... Je regrettais de m'être montrée si sceptique, que le récit d'Émilie n'ait pas suffi à me faire croire à la monstruosité d'Octave. Cela m'aurait évité de chercher à en savoir davantage, de découvrir ce site si blessant. Je savais que je serais incapable d'oublier les horreurs que j'avais lues à mon propos...

Les larmes se sont mises à couler sur mes joues. Je pleurais ma crédulité, faisant le deuil de mon couple qui me paraissait si beau, si solide, mais qui n'était qu'un mensonge. Le résultat d'un pari entre Octave et Henry, visant à séduire un maximum de femmes et les demander en mariage, avant de les abandonner de la pire des façons… Comment avais-je pu me laisser piéger ? M'imaginer que mon petit ami avait vu autre chose qu'une pauvre fille vulnérable lorsque je m'étais trompée dans sa commande au *Fruits & Coffee* ? Ne pas me douter qu'aucune relation ne pouvait être aussi idyllique ?

Je suis restée prostrée plusieurs dizaines de minutes peut-être. J'avais besoin de temps pour encaisser le coup, pour évacuer mes émotions.

Cependant, alors que la nuit tombait, je me suis relevée et j'ai séché mes pleurs. Je me suis forcée à aller prendre une douche, puis à me préparer à manger.

J'avais fait une promesse à Émilie, et surtout à moi-même : Octave ne me briserait pas. Je n'avais qu'une parole, et je comptais la tenir.

Il avait voulu jouer avec moi ? Il allait se rendre compte que moi aussi, j'avais des cartes à abattre.

8

Lorsque je me suis couchée ce soir-là, il n'y avait plus aucun doute dans mon esprit : je devais rompre avec Octave. La perspective ne m'attristait même pas : notre couple était mort à mes yeux lorsque j'avais été confrontée aux horreurs postées sur BrosOverHoes. La vraie souffrance, c'est à ce moment-là que je l'avais ressentie. Désormais, c'était la colère qui prédominait en moi.

Oui, j'allais quitter Octave, j'y étais déterminée. Mais j'ai longuement hésité sur la manière de lui annoncer ma décision. Non pas que je souhaitais ménager ses sentiments ; au vu de tout le fiel qu'il avait déversé dans mon dos avec Henry, il ne le méritait pas. Toutefois, je voulais lui montrer que je n'étais pas comme lui. Que l'on a toujours le droit de rompre lorsqu'on est en couple, mais qu'il y a une manière propre de le faire. Je me refusais donc à lui annoncer la fin de notre relation par SMS, à lui qui s'était réfugié derrière un texto pour briser ses fiançailles avec Émilie. Même l'appeler ne me paraissait pas suffisant : je voulais l'avoir en face de moi, le regarder droit dans les yeux lorsque je lui dirais que non, il n'avait pas réussi à m'avoir comme les autres, qu'il ne pourrait pas se vanter sur son site infâme cette fois-ci. Ce serait mon baroud d'honneur, ma manière de sauvegarder un peu de ma fierté déchiquetée.

Il ne devait rentrer de Rennes que le samedi dans l'après-midi. J'avais quasiment une semaine à attendre avant de pouvoir me débarrasser de lui définitivement… Entre temps, en réponse à ses messages, j'ai appliqué une stratégie d'évitement, comme je l'avais fait depuis la première mise en garde d'Anne à son propos pendant les vacances de Noël. Lorsque je recevais des SMS de sa part, je levais les yeux au ciel en voyant le ton de plus en plus désespéré qu'il adoptait. *Il est bon*, me disais-je. *Il voit que je suis en train de me détacher de lui, et il fait tout ce qu'il peut pour me reprendre dans ses filets. Mais ça ne marchera pas. Plus jamais.*

Une profonde rage bouillonnait en moi, exigeant d'être rassasiée. Plus les jours passaient, plus je réalisais que je ne voulais pas seulement larguer Octave ; je voulais aussi me venger. Le faire payer pour la souffrance qu'il avait infligée à ses ex-fiancées, pour celle qu'il projetait de me faire ressentir, par pur plaisir cruel. Bien sûr, je n'envisageais pas de me montrer aussi ordurière que lui. Cependant, s'il fallait faire des vagues, cela ne me posait pas de problème. Au revoir la gentille fille docile, mon petit ami allait voir de quoi j'étais capable lorsqu'on tentait de me prendre pour une imbécile.

J'ai décidé d'aller l'attendre chez lui le samedi de son retour à Paris. J'imaginais une confrontation un peu théâtrale. Moi, assise sur son canapé bras croisés, la détermination dans le regard ; lui me découvrant dans son appartement et comprenant en un instant qu'il avait perdu la partie… Oui, cela me plaisait bien.

Je savais que mon copain laissait un double de la clé de son appartement à son voisin, en cas d'urgence. Je savais aussi que ce dernier avait remarqué que je sortais avec Octave, et qu'il me donnerait probablement cette clé si je la lui demandais. Rien ne s'opposait à ce que je planifiais…

Ma décision était prise. Le samedi venu, une demi-heure avant l'arrivée prévue de son train, je me suis rendue chez Octave, pour ce qui devait être la dernière fois. Tout s'est déroulé exactement comme je le prévoyais : le voisin m'a bien confié la clé de l'appartement sans me poser la moindre question… J'ai déverrouillé la porte, suis entrée, puis l'ai refermée derrière moi, doucement. Elle a grincé, ce qui m'a fait prendre conscience du silence qui régnait dans ces lieux. Mon petit ami était parti, tout comme la belle image que je m'étais forgée de lui, et j'avais l'impression de me trouver dans un appartement habité de fantômes. Celui de l'homme que j'avais tant aimé. Celui de la jeune femme naïve que je n'étais plus. Celui de notre couple, blotti sur ce canapé brun dont le bout de mes doigts se rappelait encore la texture.

J'avais vécu certaines des plus belles heures de ma vie dans ces lieux, et je ne m'attendais pas à ce que les revoir m'affecte autant.

Mais je me suis vite reprise. Larguer Octave n'était pas le seul objectif que j'avais en tête en me rendant chez lui en son absence. Je voulais également, si c'était possible, trouver davantage de preuves de son ignominie. Je comptais bien entendu lui mettre BrosOverHoes sous le nez au moment de le quitter, mais je me doutais déjà de ce qu'il allait faire pour ne pas perdre la face : prétendre que ce site était uniquement du fait d'Henry, qu'il n'avait rien à voir là-dedans… Et c'est vrai, lui ne paraissait pas avoir pris la plume pour y écrire des articles de blog. Je n'avais pas envie de me perdre dans une discussion interminable où il se fatiguerait à essayer de me démontrer qu'il était blanc comme neige ; avoir de quoi y couper court me semblait préférable. Une phrase du billet relatant la rupture des fiançailles entre Octave et Émilie m'avait interpellée : « Mon ami a rangé la bague avec les autres. » Cela laissait entendre qu'il devait les conserver quelque part dans cet appartement. Avec un peu de temps devant moi, j'espérais bien trouver où…

Octave vivait dans un deux-pièces : d'un côté le salon, avec son canapé et sa table à manger ; de l'autre, la chambre, avec le lit et un coin bureau. J'ai supposé que c'était plutôt là qu'il devait dissimuler ses secrets : c'était une pièce plus intime, où les invités pénétraient moins… Le risque qu'ils y fassent des découvertes malencontreuses était donc limité.

Je me suis baissée pour regarder sous le lit ; rien. Rien non plus parmi les vêtements parfaitement pliés et repassés rangés dans sa commode. Je me suis attardée davantage sur le contenu des tiroirs du bureau, mais j'ai vite réalisé que les documents qui s'y trouvaient étaient tous relatifs au travail de mon petit ami et ne m'apporteraient pas de réponses supplémentaires. Je les ai remis en place, me suis relevée un peu trop brusquement et…

— Merde !

Je venais de renverser un pot à crayons posé à côté de l'ordinateur, que je n'avais pas vu. Cela n'aurait pas dû porter à conséquence. Mais je n'ai pas eu de chance :

parmi les stylos que j'ai vite remis en place, il y avait un feutre qui fuyait... et qui, dans sa chute, a laissé une large trace rouge sur le bureau immaculé d'Octave.

Aussitôt, je me suis rendue dans la cuisine pour aller chercher une éponge, mais j'ai eu beau frotter, je ne suis pas parvenue à faire disparaître la tache. S'agissait-il d'encre indélébile ? Toujours est-il que la marque rouge n'a pas cessé de me narguer. Comme la trace de sang signant un crime.

Au bout d'un moment, je me suis résignée. Tant pis, Octave comprendrait que j'avais fouillé sa chambre. Il le saurait de toute façon si je découvrais les bagues... Et puis, fouiner pour faire éclater sa perfidie au grand jour n'était qu'un moindre tort au regard de tout le mal qu'il prévoyait de me faire. Je suis allée remettre l'éponge à côté de l'évier de la cuisine, puis j'ai repris mes recherches.

J'ai ouvert la penderie de mon petit ami. Des manteaux et des vestes m'ont fait face, suspendus sur leur cintre. En dessous, trois ou quatre paires de chaussures étaient alignées, à côté d'une boîte en métal noir d'une vingtaine de centimètres de côté. Je l'avais déjà vue, à chaque fois qu'Octave ouvrait cette armoire pour se couvrir avant de sortir. J'avais supposé qu'elle contenait du cirage, des lacets de rechange, de l'imperméabilisant... Tous ces menus objets nécessaires à l'entretien des chaussures qui se trouvaient juste à côté. Mais je n'avais jamais vu mon copain l'ouvrir… Et si elle était là, la cachette que je recherchais ?

Je me suis accroupie et ai tiré la boîte à moi. J'ai poussé le couvercle vers le haut ; il a sauté avec un petit bruit. Je l'ai posé à côté de moi sur le plancher… et me suis fendue d'un sourire.

Sept bagues reposaient à même le métal de la boîte, ainsi qu'un écrin fermé, d'un beau rose poudré. À chacun des anneaux était accrochée une fine étiquette. J'en ai pris une au hasard et ai lu un prénom dessus. « Jennifer »… De laquelle des ex-fiancées d'Octave mentionnées sur BrosOverHoes s'agissait-il ? « Pouilleuse l'Ennuyeuse » ? « Lady Coincée » ? « Jalouse du 92 » ? Je n'avais pas moyen de le savoir, et je n'en avais pas besoin. Même si j'ignorais les détails de son histoire avec mon petit ami, le simple fait que son prénom se retrouve écrit là m'apprenait tout ce que j'avais à savoir : il l'avait prise au piège, et il lui avait brisé le cœur…

En comptant sept bagues, j'ai vite supposé que l'une d'elles m'était destinée, puisque le tableau récapitulatif tenu par Henry ne mentionnait que six ex-fiancées avant moi. Pourtant, en parcourant toutes les étiquettes, je me suis rendu compte que ce n'était pas le cas. Il y avait une Émilie, bien évidemment, une Adeline, une Mông, une Dalia… mais pas de Sophie.

Le cœur battant, j'ai reporté mon attention vers l'écrin rose poudré. J'avais compris qu'il était pour moi…

J'ai inspiré profondément avant de l'ouvrir. À l'intérieur, une huitième bague reposait sur un coussin de satin. Instantanément, je m'en suis voulu de la trouver si belle… Elle était simple, mais d'une élégance qui me touchait au cœur. Sur un fin anneau d'or était monté un quartz dont les facettes taillées reflétaient la lumière de la chambre ; il était encadré de dix minuscules diamants, à peine plus gros qu'une tête d'épingle.

Je n'avais encore jamais réfléchi à la bague de fiançailles que j'aurais rêvé qu'on m'offre. Mais en découvrant celle-ci, je me suis dit qu'elle était parfaite.

Oui, *parfaitement* trompeuse…

J'ai refermé l'écrin, écœurée. Il ne contenait que de la poudre aux yeux, un morceau de rêve illusoire destiné à se transformer en cauchemar. Je ne souhaitais pas me faire davantage de mal en contemplant un futur qui n'adviendrait pas. J'avais les preuves que je recherchais, je devais me raffermir pour affronter Octave à présent. Ce n'était pas le moment de m'apitoyer sur mon sort, loin de là.

Je me suis relevée et ai emporté la boîte métallique avec

moi dans le salon. Je l'ai posée sur la table basse et en ai sorti les sept bagues une par une, les alignant avec une précision méthodique qui canalisait ma fureur. Au bout de la rangée, j'ai placé l'écrin que je me refusais à rouvrir.

Ensuite, j'ai regardé l'heure sur mon portable. Une vingtaine de minutes s'étaient écoulées depuis que j'avais pénétré dans l'appartement. Octave n'allait plus tarder, à présent…

Je me suis installée sur le canapé et j'ai croisé les bras, regard braqué sur la porte qui pouvait s'ouvrir d'un instant à l'autre. Dans ma tête, je me repassais les phrases de rupture que j'avais préparées au cours de la semaine qui venait de s'écouler.

L'heure était venue de me montrer inflexible, et j'y étais déterminée.

9

J'ai entendu la clé d'Octave tourner dans la serrure un gros quart d'heure plus tard. J'ai aussitôt rangé dans ma poche mon portable, sur lequel j'avais lancé un jeu pour passer le temps – inutile de dire que vu le chaos qui régnait dans mon esprit, je n'avais pas réussi à avancer d'un seul niveau – et me suis redressée sur le canapé.

Octave a poussé la porte d'entrée, et nos regards se sont croisés. En me voyant, il a esquissé un sourire, qui s'est dissipé en un instant. Mon expression devait suffire à lui annoncer que je n'étais pas là pour lui faire une surprise romantique… Il a dégluti, manœuvré pour faire rentrer sa valise à roulettes dans l'appartement, puis il a refermé le battant derrière lui. Ensuite, il s'est tourné à nouveau vers moi, et son regard est tombé sur la table basse, là où l'attendaient les sept bagues alignées, avec leurs étiquettes.

— Il faut qu'on parle, ai-je dit.

Il n'a pas bougé, mais ses yeux se sont agités dans leurs orbites. Comme s'il paniquait. Comme si la perspective de la fin de notre relation l'affectait vraiment. Mais je savais que cette apparence était trompeuse, et que tout ce qu'il déplorait, c'était le coup que j'allais porter à son ego.

— Comment as-tu trouvé ces bagues ? a-t-il fini par me demander, après un long silence. Tu n'aurais jamais dû les voir.

— J'imagine bien, oui ! ai-je répliqué, ironique.

C'est sûr qu'elles trahissaient le petit jeu dans lequel Octave avait cherché à me piéger…

— Tu as fouillé mon appartement ? a-t-il insisté.

— Est-ce vraiment important ? ai-je rétorqué en haussant les épaules. Ce qui compte, c'est que tu t'es fiancé à sept femmes avant moi, que tu as rompu avec elles deux semaines après leur avoir fait ta demande, et que tu comptais me faire subir le même sort.

J'ai saisi l'écrin rose poudré et l'ai agité pour appuyer mon propos. Octave a protesté :

— C'est faux, je…

— Oh, est-ce que tu vas essayer de nier ? l'ai-je coupé. Alors que les preuves sont sous mes yeux ?

J'étais furieuse. Émilie avait raison : qu'il n'assume pas, c'était pire que tout. Aiguillonnée par la colère, j'ai enchaîné :

— Séduire des jeunes femmes, leur faire croire à l'amour, se fiancer à elles, pour ensuite les rejeter brutalement… Quel genre de *monstre* fait ça ?

Octave ne cherchait plus à se défendre : les yeux baissés, il gardait désormais un silence obstiné. Pour ma part, je ne me suis pas privée pour continuer à l'accabler.

— Trouver leurs faiblesses, et les exploiter pour les enfoncer autant que possible à la fin… Comment peut-on se permettre de s'adonner à un jeu si cruel ? Tu n'es pas un homme, tu n'es qu'un animal sans cœur. Un ogre. Et tu n'en as même pas conscience.

Je m'étais mise à crier. J'ai repris mon souffle avant de poursuivre :

— Ne t'inquiète pas, je n'ai pas la prétention de me croire différente. Qu'est-ce que tu as vu en moi au *Fruits & Coffee* ? Une pauvre fille timide que tu pourrais manipuler à ta guise ? Bravo, tu as presque réussi. Presque. Parce que tu n'as pas réussi à me briser, et tu n'y parviendras pas. Je ne veux plus rien avoir à faire avec toi. Tu ne me mérites pas : tout est fini entre nous.

Je me suis relevée d'un coup, comme montée sur ressorts. J'avais dit ce que j'avais à dire, et maintenant, je voulais partir. Mais Octave s'est dressé sur mon passage. Roulant des yeux fous, il m'a asséné :

— Je sais ce que tu penses. C'est ce que tout le monde penserait. Je comprends que tu sois en colère. Mais les apparences sont contre moi…

Je l'ai coupé :

— Je te l'ai dit, n'essaye pas de me faire croire que tout cela est faux. Ça ne marchera pas, je suis plus intelligente que tu sembles le croire.

— Je n'allais pas essayer de démentir. J'ai fait tout ça, j'ai largué toutes ces filles…

— Alors nous n'avons plus rien à nous dire.

— Si. Laisse-moi parler.

Son ton était si suppliant que j'ai hoché la tête.

— Je sais que j'ai un lourd passé. Un passé qui est difficile à accepter, et c'est pour cela que je n'en parle pas. Mais je veux le laisser derrière moi, évoluer. Et je pensais que je pourrais y arriver avec toi… Je ne veux pas te perdre, Sophie. Je t'aime. Je t'aime vraiment. Ces bagues que tu as trouvées rendent cela difficile à croire, mais je te le promets, ça n'a jamais été un mensonge. Ne me quitte pas, s'il te plaît…

Sur ces dernières paroles, sa voix s'est brisée.

Je suis d'abord restée bouche bée. L'esquisse d'un sourire s'est formée au coin de mes lèvres. J'avais tellement envie de croire à ce qu'il venait de me dire… Tellement envie de me croire différente, de croire que j'étais suffisamment exceptionnelle pour qu'il sorte de son schéma malsain pour moi... L'espace d'un instant, j'ai considéré l'idée de lui laisser une autre chance, afin qu'il puisse me prouver qu'il avait réellement changé pour moi.

Puis je me suis rappelé qu'Octave était passé maître dans l'art de la manipulation. J'étais la huitième femme qu'il séduisait, il avait eu largement le temps de s'exercer aux compliments et à la flatterie. Il savait ce que j'avais envie d'entendre : exactement ce qu'il venait de me dire... C'était là ma faille. Et une fois qu'Octave avait trouvé une faille chez quelqu'un, il savait l'exploiter avec brio : BrosOverHoes faisait le récit détaillé de la manière dont il s'y prenait.

C'est pourquoi mes lèvres ont retrouvé leur dureté initiale. Je n'allais pas me laisser prendre au piège. J'ai grondé :

— C'est faux. Tu aimerais bien pouvoir te vanter auprès de ton ami Henry d'avoir réussi à garder une fille alors même qu'elle aurait découvert la vérité, hein ? Eh bien, cette fille, ce ne sera pas moi. Je ne suis pas si stupide. Tu as perdu avec moi, Octave, accepte-le.

Il a froncé les sourcils, secoué la tête, soufflé :

— Tu déformes tout...

— Alors parlons des faits. Comptais-tu, oui ou non, me demander en mariage ?

Le regard d'Octave s'est posé sur l'écrin abandonné sur la table basse. Il a laissé passer une seconde, un air coupable sur le visage, puis admis :

— Oui.

— Et comptais-tu, oui ou non, rompre avec moi deux semaines plus tard ?

Il est resté figé, le souffle court.

— Ne me mens pas, s'il te plaît… ai-je soupiré.

Il s'est raffermi, a relevé les yeux vers moi et a déclaré :

— Je l'ignore. Sincèrement. Peut-être que cette fois, cela aurait été différent.

Peut-être.

Ça ne suffisait pas.

J'ai amorcé un mouvement pour le contourner afin de rejoindre la porte d'entrée. Sa panique s'est accentuée. Maladroitement, il a affirmé :

— Oui, j'ai fait du mal à ces jeunes femmes avant toi. Mais à toi, jamais. Tu n'as pas de raisons de me détester.

Ses paroles sonnaient faux. Plus que l'amour, je sentais que c'était l'affolement qui les motivait. J'ai explosé :

— Non, tu ne m'as pas fait personnellement de mal. Et oui, peut-être que tu m'aimes. Je ne sais pas ce qui se passe dans ta tête, après tout. Mais en fait… ça ne change rien. Tu as brisé le cœur de sept femmes avant moi ; je n'ai pas eu moi-même à en souffrir, c'est vrai, sauf que cela suffit à me persuader que tu es une personne mauvaise. Ce que j'ai découvert a tué tous les sentiments que j'avais pour toi. Que tu m'aimes ou pas, cela revient au même : je ne veux plus avoir affaire à toi, et encore moins que nous restions en couple. Je me détesterais. Tes sentiments ne te donnent aucun droit sur les miens. Moi, je ne t'aime plus. Cette discussion est donc close. Nous ne sommes plus ensemble, et je ne reviendrai pas sur cette décision.

Je ne lui ai pas laissé l'opportunité de se défendre davantage : je l'ai dépassé et me suis hâtée de sortir de l'appartement. Dans mon dos, je l'ai entendu me crier :

— Arrête, Sophie ! Tu ne peux pas partir ! Tu ne *peux* pas. Ne me laisse pas. J'ai besoin de toi. Ne me laisse pas avec...

La suite, je n'ai pas réussi à la comprendre, déformée qu'elle était par les échos dans la cage d'escalier de l'immeuble. Je ne voulais pas la comprendre, de toute façon : à ce moment, je voulais juste fuir. Le déchirement dans la voix d'Octave m'était insupportable, car il s'agissait d'un piège terrible : il était assez profond pour fendre n'importe quelle âme, mais je savais que je devais y rester de marbre. C'était un traquenard de plus, l'ultime sortilège du mauvais génie à l'emprise duquel je venais de m'arracher. Pour m'en protéger, il ne me restait plus qu'une seule solution : la fuite. Je devais reconstruire ma vie, à présent. En balayer les éléments indésirables qu'il y avait laissés. C'était à cela que je voulais m'employer désormais, pas à me perdre dans des discussions inutiles avec un ex que je ne reverrais plus jamais.

Rectificatif : que je croyais ne plus jamais revoir.

10

Avant de rompre avec Octave, je m'imaginais que me débarrasser de lui serait comme retirer une paire de chaussettes sales et l'abandonner dans le panier à linge : rapide et définitif. Je me trompais. En réalité, j'ai davantage eu le sentiment d'effacer un dessin tracé au feutre sur ma peau : on peut rapidement le brouiller, mais il faut le frotter pendant de longues minutes avant qu'il ne disparaisse complètement. Sous la surface, j'étais moins forte, moins inébranlable que ce que j'avais monré à mon ex lorsque je l'avais attendu dans son appartement pour me confronter à lui. Le jour, je devais lutter contre de brusques accès de colère qui me prenaient lorsque je pensais à la manière dont je m'étais laissé manipuler, à ce qu'il comptait me faire ; et à la faveur de la nuit, c'étaient les larmes qui prenaient le dessus, lorsque mon cœur se languissait de l'amour d'Octave, même s'il n'avait été qu'illusoire.

Malgré ma peine, j'étais toutefois décidée à aller de l'avant. Alors je me suis astreinte à museler les émotions qui s'agitaient en moi pour recomposer mon existence... seule. Pour mon petit ami, je m'étais éloignée de mes amis de l'université : j'ai dû retisser des liens avec eux. J'avais négligé mes cours : j'ai dû travailler davantage pour rattraper mon retard – et aussi pour me changer les idées, assombries par ma rupture.

Bien malgré moi, j'ai dû reconnaître que certains des changements que j'avais initiés dans ma vie sous l'impulsion d'Octave étaient judicieux, et sur certains points, je ne suis pas revenue en arrière. Je n'ai pas cherché à redevenir le déversoir des états d'âme de Coralie, ma colocataire. Je ne me suis pas mis autant de pression qu'avant concernant mes études : à quoi cela servait-il ? Il fallait avant tout que je trouve ma voie, et j'ai continué à me poser les questions concernant mon futur qu'Octave avait fait naître en moi.

Je me refusais cependant de considérer que, d'une manière ou d'une autre, je devais être reconnaissante à mon ex pour ces évolutions positives. Peut-être les avait-il accélérées, c'était tout. De toute façon, son objectif ultime était de me briser, pas de m'aider, alors je n'avais aucune gratitude à entretenir à son égard.

Il y a cependant un point sur lequel j'ai voulu revenir au plus vite, et sans la moindre hésitation : mes cheveux roses. Je ne les supportais plus. Je les avais teints pour surprendre mon ex, et ils me rappelaient trop de souvenirs. À chaque fois que je me regardais dans le miroir, ils me criaient de tous leurs reflets pastel à quel point j'avais été stupide. Changer de style pour un garçon, sérieusement ? Mais qu'avais-je dans la tête à ce moment-là ? Ma naïveté me donnait envie de hurler.

Le problème, c'est qu'une coloration, ça ne disparaît pas en un claquement de doigts. Attendre que mes cheveux repoussent suffisamment pour les couper était hors de question : c'était bien trop lent, et voir mes longueurs roses cohabiter avec mes racines châtain clair ne me plaisait pas vraiment. Et puis, je n'avais pas envie de sacrifier ma chevelure en optant pour une coiffure à la garçonne. Surtout pas en hiver.

J'aurais pu refaire une couleur par-dessus le rose, mais cela aurait été entrer dans un cercle vicieux dont il m'aurait été difficile de sortir. Tout ce que je voulais, c'était oublier mon épisode capillaire malheureux lié à Octave : c'était ma couleur naturelle que je souhaitais retrouver, et pas une autre.

Alors j'ai écumé Internet à la recherche de tutoriels pour faire disparaître ma teinture. Heureusement, je n'étais pas la première qui se retrouvait confrontée à un problème de ce genre, et j'ai trouvé plein d'astuces que je me suis empressée de mettre en pratique. Bicarbonate de soude, vitamine C, lait de coco, j'ai utilisé plusieurs techniques, et passé des heures dans ma douche pendant une bonne semaine, au grand dam de Coralie. Avant de disparaître, ma couleur rose est passée par diverses nuances bâtardes, sales, peu flatteuses, qui donnaient l'impression que ma chevelure avait pourri. À l'image de ma relation avec Octave, me disais-je…

Mais finalement, j'ai atteint mon objectif. Mes cheveux roses se sont envolés. Enfin, presque. Lorsqu'on regardait bien mes mèches, il restait encore des reflets que je n'avais pas réussi à éradiquer complètement. À chaque fois que je les remarquais dans le miroir, je détournais le regard, chagrinée… Mais comme je ne parvenais pas à faire mieux, il a bien fallu me contenter de ce résultat.

Entre temps, trois semaines s'étaient écoulées. Anne avait été d'un grand soutien pour moi au cours de cette période, toujours là lorsque j'avais besoin de parler parce que j'avais un coup de mou, pour me remonter le moral et m'assurer que je m'en sortais très bien sans mon ex, que j'avais pris la bonne décision en le quittant. Peu à peu, je me sentais remonter la pente, et j'ai voulu l'appeler afin de le lui montrer et lui partager ma petite victoire.

— Ça y est, mes cheveux sont de nouveau châtains, lui ai-je annoncé dès qu'elle a décroché. J'en ai définitivement fini avec Octave.

— Une excellente nouvelle ! Tu vois, tu remets ta vie sur de bons rails. Tu vas réussir ton année de licence haut la main et ce mec ne sera bientôt plus qu'un mauvais souvenir sur ton parcours.

— Il a essayé de jouer avec moi, mais on ne brise pas Sophie Glénan comme ça !

Nous avons discuté encore quelques minutes – de ses études, des miennes, de nos plans pour les prochaines vacances. Mais l'heure tournait, alors j'ai fini par lui annoncer :

— Je dois te laisser, il faut que je file au travail ! On se rappelle très vite ?

— Bien sûr ! Courage pour ton boulot !

— Merci !

J'ai raccroché, puis suis sortie de mon appartement pour affronter un après-midi de travail comme les autres.

À un client près.

* * *

Il ne me restait plus qu'un quart d'heure avant la fin de mon service quand Octave est apparu. Instantanément, je me suis figée, les doigts crispés sur le plateau de muffins que j'étais en train d'insérer dans la vitrine du comptoir.

Qu'est-ce qu'il faisait là ? Après notre rupture, je m'étais attendue à ce qu'il tente de me recontacter, mais trois semaines avaient passé ! J'avais affirmé à ma sœur que j'avais réussi à aller de l'avant – je voulais le croire, même s'il me restait encore du chemin à parcourir pour me remettre totalement –, et voici qu'il réapparaissait dans ma vie avec un sens du timing affligeant.

Il avait fait exprès de venir au *Fruits & Coffee* pour m'y croiser, il n'y avait pas de doute possible. Lorsque nous étions ensemble, il avait appris par cœur mes horaires, je doutais qu'il les ait déjà oubliés…

Il venait pour moi.

Tant pis pour lui. J'allais le recevoir.

J'ai plissé les yeux, décidée à me montrer aussi froide que possible pour l'accueillir. Je me suis interdit de craquer, de laisser le choc de le voir se transformer en tristesse qu'il aurait pu exploiter. Pourtant, sous mon comptoir, je sentais mes mains trembler.

Il s'est approché de moi avec un sourire triste. Hors de question de me laisser attendrir : ses états d'âme ne me concernaient plus.

Lorsqu'il est arrivé à mon niveau, je l'ai fusillé du regard, dans l'espoir qu'il tournerait les talons et quitterait le café, ayant compris qu'il ne tirerait rien de moi.

Je l'ai vu déglutir. Mais il a rassemblé son courage – ou son insolence, au choix – et m'a demandé :

— Bonjour, Sophie. Je voudrais un smoothie à la myrtille, s'il te plaît.

Était-ce une tentative pour m'amadouer en me rappelant les débuts de notre relation passée ? J'ai ignoré la bouffée de nostalgie qui m'a saisie pour me raccrocher à la part de moi qui ne ressentait que de l'irritation à la vue d'Octave. Je n'étais plus la jeune femme fatiguée qu'il avait rencontrée il y a quelques mois. Désormais, j'étais prête à lui tenir tête. Avec dureté, j'ai déclaré :

— Désolée, nous ne faisons plus cette boisson. Elle faisait partie d'une opération saisonnière. Vous pouvez repartir.

Octave a soupiré.

— Je prendrai un macchiato, alors…

J'ai hésité à le servir, mais ne pas le faire m'aurait probablement obligée à me prendre davantage la tête avec lui. Alors je me suis résignée à expédier sa commande à toute vitesse.

Tandis que je m'activais, il m'a glissé :

— Tu n'es pas obligée d'être à ce point sur la défensive, Sophie.

Je me suis retournée et ai déposé son café sur son plateau, si brutalement qu'une partie du liquide brun s'est renversée. Mon patron m'aurait incendiée s'il avait vu ça, mais je n'en avais rien à faire.

— Excuse-moi de me méfier du mec qui comptait m'épingler à sa collection de fiancées humiliées, ai-je craché.

Mon ex a pincé les lèvres et récupéré une serviette en papier pour éponger la flaque de macchiato. J'ai eu l'impression qu'il se montrait d'une lenteur extrême, ce qui m'a agacée : ne comprenait-il pas que sa présence ici était indésirable ? J'ai tenu cinq secondes peut-être, puis je lui ai lancé :

— Qu'est-ce que tu veux, Octave ? Pourquoi es-tu venu ?

Sans me répondre, il a jeté la serviette trempée de café dans la poubelle à côté du comptoir. Puis il a soupiré :

— J'espérais… que je pourrais trouver la réponse à la question que tu m'as posée lorsque nous avons rompu.

— Quelle question ?

J'avais découvert les manigances d'Octave, je l'avais forcé à s'y confronter : il ne restait pas de zone d'ombre, en tout cas de mon point de vue. Lui en revanche paraissait réellement troublé lorsqu'il m'a précisé :

— Tu m'as demandé si je t'aurais quittée deux semaines après nos fiançailles. Je ne le sais toujours pas.

Je ne pouvais pas le laisser insinuer le doute en moi à ce sujet. Il m'aurait réservé le même sort qu'à ses précédentes petites amies, j'en étais persuadée. À ce stade, tout espoir du contraire m'aurait fait plus mal qu'autre chose.

— Ça te travaille trop d'avoir été largué, c'est ça ? ai-je répliqué. Tu n'arrives pas à l'accepter ? Eh bien, bienvenue dans la vie de tes ex. Dis-toi qu'elles souffrent vingt fois plus que toi…

— Je n'ai jamais voulu ça. Et maintenant, j'essaye juste de comprendre. De mettre de l'ordre dans ma tête.

— Tu peux aller faire ça à une table, de préférence tout au fond du café. Nous n'avons plus rien à nous dire. S'il te plaît, n'essaye plus de venir me parler, ni aujourd'hui ni aucun autre jour. J'aimerais avoir la paix à présent.

J'ai accompagné ces mots d'un petit signe de la main ordonnant à Octave de me laisser tranquille. Il n'a pas cherché à protester et a traversé le *Fruits & Coffee* pour rejoindre une chaise vide juste à côté des toilettes, la tête baissée et le pas lourd. Il y a bu son macchiato en une dizaine de minutes à peine, puis a rapporté son plateau et sa tasse à la caisse. Je me suis crispée, mais il a gardé le silence et quitté le café sans s'attarder.

Je l'ai regardé disparaître dans la nuit à travers la vitrine.

J'étais fière de lui avoir tenu tête, de m'être montrée forte face à ce qui ne pouvait être qu'une tentative maladroite de reconquête pour ne pas perdre la face devant Henry. Sans doute ce dernier s'était-il moqué d'Octave pour n'être pas parvenu à ses fins cette fois-ci, d'où cette réapparition inattendue après trois semaines… Et ce petit jeu se faisait encore une fois à mes dépens : mon ex avait-il réfléchi à l'effet que cela me ferait de le voir réapparaître dans ma vie, comme ça, sans prévenir ? Après mon service, c'est furieuse que je suis rentrée chez moi, et j'ai ressassé cet épisode toute la soirée, avant de m'endormir les doigts crispés autour de ma couette.

Si j'avais perçu de la tristesse chez Octave, je refusais de la laisser altérer mon jugement. Il se posait des questions ? Grand bien lui fasse. Je ne lui devais rien. À présent, il me fallait penser à moi, et à moi seule. Il n'était pas une victime, il ne méritait plus que je me préoccupe de lui.

Il ne *me* méritait pas.

11

Je connaissais la détermination dont Octave était capable lorsqu'il s'était fixé un but à atteindre. Aussi, j'avais peu d'espoir qu'il n'y ait pas de suite à notre confrontation. À chaque instant, je m'attendais à recevoir un SMS de sa part, à le voir apparaître devant moi, à ce qu'un de ses plans tordus ouvre soudain une trappe sous mes pas. Je n'arrivais pas à m'empêcher de guetter mon téléphone, ou de me retourner soudain dans la rue, persuadée qu'il me suivait. J'étais constamment fébrile, irritable, et je m'en voulais : j'avais l'impression de revenir en arrière par rapport aux progrès que j'avais faits au cours des trois semaines précédentes.

Malheureusement, j'avais raison de penser que je n'en avais pas fini avec mon ex : dès le samedi suivant, il s'est représenté au *Fruits & Coffee*. En le voyant pousser la porte vitrée de la boutique, j'ai hésité entre l'envie de lui jeter à la figure le café que j'étais en train de servir à un autre client et un étrange soulagement. Je guettais son retour, et il s'était produit. Je n'avais plus besoin d'angoisser dans l'attente du quand et du comment.

Ensuite seulement, je me suis demandé ce qu'Octave faisait là. Il n'était que seize heures : il ne pouvait pas venir pour parler. Il savait bien que c'était un créneau de rush au café, et que je ne terminais mon service que bien plus tard. La dernière fois, il l'avait anticipé et s'était pointé juste avant la fermeture, quand les clients se faisaient rares… Il savait aussi qu'à ce moment-là, je n'étais pas seule. Mon collègue Liam m'épaulait : un mètre quatre-vingt-quinze, quatre-vingt-dix kilos de muscles. Parfaitement au courant qu'Octave était mon ex, et tout à fait disposé à l'éjecter de la boutique s'il cherchait à me causer des problèmes, ou simplement si sa présence me déplaisait.

En effet, Octave n'a pas essayé de m'adresser la parole. Il a pris sa commande auprès de Liam : un macchiato, évidemment, sa boisson préférée. Il m'a juste adressé un petit signe du menton à ce moment-là, sans ouvrir la bouche : un salut poli pour me signifier qu'il m'avait remarquée et qu'il ne souhaitait pas m'ignorer. J'y ai répondu de la même manière, la nuque un peu raide.

Puis il a pris son plateau et est allé s'installer à une table. Il a bu son café en lisant un livre. Après vingt bonnes minutes, il s'est levé, a rapporté sa tasse vide au comptoir et a quitté le *Fruits & Coffee.*

Son comportement était si inattendu dans sa banalité même que Liam m'a demandé entre deux clients :

— Je suis désolé de te poser cette question, Sophie… Mais c'est bien ton ex qui est passé à l'instant ?

— Oui, c'était Octave…

— Il… Euh… Je ne sais pas comment dire ça…

— Il s'est comporté comme n'importe quel autre client ? Il faut croire.

— Ça ne t'embête pas ?

— Non…

Ça, c'était ce dont j'aurais voulu me persuader. En réalité, j'étais contrariée. Contrariée qu'entre tous les cafés de Paris, Octave ait choisi celui-ci pour prendre une pause ce samedi-là. Certes, la boutique où je travaillais était un lieu public, mais il aurait dû comprendre de notre discussion que je lui avais interdit d'y remettre les pieds. Contrariée aussi d'être restée dans un état de tension permanent pendant les derniers jours pour un aboutissement aussi décevant. Je m'étais préparée à une nouvelle confrontation, j'avais forgé des phrases aussi affûtées que des épées pour repousser Octave, et tout ce qu'il faisait, c'était venir prendre tranquillement un macchiato ? J'attendais à ce qu'il m'offre un exutoire pour ma colère, et voilà que j'étais forcée de la ravaler…

Je n'arrivais pas à croire qu'il s'arrêterait là. J'ai passé le reste de mon service à réfléchir, et je suis parvenue à la conclusion que c'était un coup d'essai de sa part. Que je devais m'attendre à ce que son réel plan pour me reconquérir se mette en route bientôt, d'une manière bien plus éclatante.

Mais pas un appel, pas un message, pas une apparition avant le samedi suivant. Ce jour-là, comme la semaine précédente, Octave est revenu, a commandé un macchiato, l'a bu calmement, puis est reparti après m'avoir saluée d'un signe de tête.

Il a fait de même la semaine d'après, puis celle d'encore après. À chaque fois, j'ai eu envie de lui arracher la tête. La cinquième, j'ai même dû me réfugier dans la réserve pour fondre en larmes. Recroquevillée entre les produits d'entretien pour les toilettes et les quelques chaises pliantes que nous disposions le long de la vitrine en été, j'ai enfoui ma tête entre mes genoux repliés, à bout de nerfs. Octave n'allait-il donc jamais lâcher l'affaire ? Deux mois s'étaient écoulés depuis notre rupture, quel mec s'accrochait encore après tant de temps ?

Je suis restée terrée dans ma cachette jusqu'à ce que Liam vienne me chercher, un quart d'heure plus tard, après le départ de mon ex. Il m'a tendu un tas de serviettes en papier pour que je sèche mes joues, et m'a serrée contre lui jusqu'à ce que je me calme – tant pis pour les clients du café, ils se remettraient de devoir attendre quelques minutes avant qu'on ne prenne leur commande. Une fois mes pleurs taris, mon collègue m'a suggéré de porter plainte pour harcèlement. J'ai refusé. Je ne voulais pas dépenser plus d'énergie que nécessaire pour mon ex. Juste que toute cette histoire soit enfin derrière moi…

Mais j'ai dû me rendre à l'évidence : venir se mettre sous mon nez le samedi après-midi était devenu une nouvelle habitude chez Octave. D'un côté, cela me rassurait : je pouvais enfin abandonner ma crainte de le voir surgir devant moi à n'importe quel moment. De l'autre, je me demandais ce qu'il avait derrière la tête avec ces rendez-vous hebdomadaires. Il y avait forcément un plan qui le motivait. Et je ne parvenais pas à deviner lequel.

J'ai rassemblé mon courage pour passer outre. Même si mon ex cherchait à me troubler, je ne me laisserais pas faire. J'étais décidée à aller de l'avant, et je n'allais pas l'empêcher de tracer ma propre voie.

C'était plus facile à dire qu'à faire. Mon cœur avait été mis à mal. Parce que, avant les découvertes qui m'avaient ouvert les yeux sur Octave, j'avais eu de réels sentiments pour lui. Et qu'en peu de temps, j'en étais venue à m'appuyer sur lui au quotidien.

Pendant deux mois, je quittais la fac tous les soirs pour le retrouver. Soit parce qu'il m'attendait à mon appartement, soit parce que j'allais chez lui, soit parce que nous nous téléphonions les soirs où nous devions rester séparés. Il m'écoutait, me donnait des conseils sur les problèmes qui me troublaient. Je savais désormais que c'était pour mieux me briser plus tard. Mais il n'empêche, ses conseils étaient bons. Me recentrer sur ce qui comptait vraiment pour moi, établir des priorités, apprendre à dire « non »... Ces résolutions qu'il m'avait poussée à adopter m'avaient fait du bien.

Désormais, le soir, je retrouvais ma chambre vide. Il y régnait un silence que je comblais en lançant playlist sur playlist. Lorsque des questions pesaient sur mon esprit, il n'y avait plus cette présence sécurisante, prête à m'aider à les dissiper. Bien sûr, si elles se faisaient trop pressantes, j'appelais Anne, qui était toujours là pour moi. Mais ce n'était pas pareil.

Et voir Octave toutes les semaines sur mon lieu de travail ne m'aidait pas. Malgré moi, cela entretenait une nostalgie de notre relation dont j'avais honte. Sa prévenance. Nos rendez-vous dignes de comédies romantiques. Sa clairvoyance. Dans les moments où ces souvenirs m'envahissaient, deux colères s'affrontaient en moi : celle qui déplorait que le monde soit si injuste, qui s'attristait que tout ce qu'il avait fait pour moi ne soit en réalité pas de l'amour, qui essayait de marchander avec les faits. Et une autre, qui m'en voulait d'être si faible…

Un vendredi soir, j'ai dérapé. J'étais à une soirée organisée par un camarade de fac, mais je ne connaissais pas grand monde. Je me suis retrouvée seule dans un coin, à broyer du noir. Je devais annoncer à mon prof de philosophie moderne que non, finalement, je n'étais pas prête à assumer du travail supplémentaire pour l'aider à organiser un séminaire de recherche, et je ne savais pas comment le lui dire. Cela me rongeait… Malheureusement, j'avais à portée de main un moyen un peu trop facile de dissiper mes idées sombres : tout un panel de bouteilles d'alcool. J'ai bu, trop, et j'ai fini dans les bras de ce type barbu qui me rappelait mon ex.

Le lendemain, tandis qu'il se rhabillait en évitant mon regard, j'ai eu envie de pleurer. Et quelques heures plus tard, je me suis rendue au travail les idées en vrac.

— Ouh là, ça n'a pas l'air d'aller du tout, toi, m'a lancé Liam lorsqu'il m'a vue.

J'ai soupiré. Non, ça n'allait pas. Je me sentais encore plus seule que la veille.

Octave est arrivé vers seize heures, comme tous les samedis après-midi. Lorsqu'il m'a aperçue, il a souri. De ce sourire qui me faisait tant fondre lorsque nous étions ensemble, qui me promettait que j'étais la fille la plus intéressante de l'univers. J'étais mal en point, j'en ai oublié momentanément toutes les raisons pour lesquelles j'avais mis autant de distance que possible entre ce mec et moi. À la place, ses déclarations d'amour au moment où nous avions rompu, sa persistance à venir chaque semaine au *Fruits & Coffee* malgré notre séparation se sont imposées au premier plan de mon esprit.

Octave a pris son macchiato auprès de Liam, puis il est allé s'asseoir. Je l'ai fixé tout en servant deux ou trois clients. Puis j'ai pris une grande inspiration, lissé mon tablier et demandé à mon collègue :

— Tu peux gérer ma caisse quelques minutes ? Je… J'ai quelque chose à faire.

Liam s'est tourné vers moi. Quand il a vu ce que je regardais, il s'est renfrogné.

— Oh non, je ne crois pas, Sophie.

Adressant un sourire charmeur à la dame qui s'apprêtait à passer commande de l'autre côté du comptoir, il lui a lancé :

— Vous permettez ? Nous en avons pour deux minutes.

Et il a fait un pas en arrière, m'entraînant par le bras.

— Non, tu ne vas surtout pas aller parler à ton ex, Sophie, m'a-t-il glissé à voix basse. Très mauvaise idée.

— Mais je…

— Non, un point c'est tout. Tu n'as pas les idées claires. Voilà ce que tu vas faire, plutôt : tu vas rentrer chez toi. Je vais appeler Sarah pour qu'elle vienne te remplacer, tu lui revaudras ça une prochaine fois.

J'ai hoché la tête et observé une dernière fois Octave. Plongé dans son livre, il semblait ne rien avoir remarqué de l'échange entre Liam et moi. *Les Liaisons dangereuses*… Ce titre m'a rappelé ce qu'il était capable de faire, ce que j'aurais pu mettre de côté rien qu'une minute auparavant pour mettre du baume sur mon cœur blessé. Je me dégoûtais.

— Merci, Liam, ai-je déclaré. Tu as raison, je vais rentrer.

Il m'a souri. J'ai dénoué mon tablier et j'ai quitté le café, des larmes plein les yeux. À peine suis-je arrivée chez moi que je me suis étalée sur mon lit et ai composé le numéro d'Anne.

— Sophie, ça va ? s'est-elle immédiatement inquiétée. Tu n'es pas au boulot, qu'est-ce qu'il y a ?

Je lui ai raconté ce qui s'était passé, entre deux sanglots. Elle m'a écoutée et lorsque j'ai eu terminé, elle s'est empressée de me réconforter : j'avais déjà suffisamment honte de moi-même, elle n'avait pas besoin d'en rajouter.

— Je n'y arrive pas toute seule, ai-je laissé échapper. Octave me soutenait tellement, il m'aidait à me poser les bonnes questions, m'ouvrait les yeux sur ce qui me pesait et dont je n'osais pas me débarrasser. Sans lui… j'ai l'impression de faire n'importe quoi.

— Hé, petite sœur. Calme-toi.

La voix d'Anne avait sur moi l'effet d'un pouvoir magique. J'ai repris contenance.

— Je sais que c'est difficile. Gérer en parallèle les études, ton job, tes amis… Je suis passée par là, moi aussi. Et quand une rupture vient s'ajouter à tout ça… C'est encore pire. Tu te rappelles combien j'étais déprimée, après Tina ? Mais Octave ne t'a pas montré un chemin miraculeux que tu n'arriveras pas à emprunter sans lui. Apprendre à naviguer entre tous les aspects d'une vie qui se complexifie, c'est juste grandir. Devenir adulte. Tu vas y arriver, tu n'as pas besoin de lui pour cela, ni de personne d'ailleurs. Des proches bienveillants peuvent t'y aider, bien sûr, mais tu as tout ce qu'il te faut en toi. Tu es forte. Répète-moi ça.

— Je suis forte.

— C'est bien. Maintenant, ne l'oublie plus.

Cette discussion avec Anne m'a fait énormément de bien. Après cela, jour après jour, j'ai eu l'impression de faire des progrès. Lorsque je rencontrais des difficultés dans la vie, mon premier réflexe n'était plus de déplorer de n'avoir personne auprès de moi sur qui m'appuyer, mais de me convaincre que je pouvais les surmonter. Je suis allée voir ce fameux professeur de philosophie moderne et j'ai rassemblé mon courage pour me retirer de l'organisation du séminaire. Je me suis dégagé du temps pour moi, pour réfléchir à celle que je voulais être et que j'étais encore en train de construire. De reconstruire, après l'ouragan Octave.

En le voyant au *Fruits & Coffee* les semaines suivantes, je n'ai plus ressenti l'élan de mélancolie qui avait failli me pousser de nouveau vers lui dans un instant de faiblesse. Samedi après samedi, je l'observais avec de plus en plus d'indifférence. Enfin, je réussissais ce que j'avais cru accomplir quelques jours à peine après notre rupture : je cicatrisais de notre histoire. Pour devenir plus forte, conservant le bon que j'avais pu tirer de notre relation sans la regretter pour autant : j'étais lucide sur ce qu'elle avait eu de nocif.

Je me suis fait une raison : je subirais Octave un quart d'heure tous les samedis après-midi jusqu'à la fin de l'année universitaire. J'étais prête à l'accepter ; après tout, installé dans un coin du café avec son livre, il ne me faisait pas de mal. C'était surtout lui qui devait en pâtir, puisque cela l'obligeait à sacrifier de son temps toutes les semaines pour ne pas déroger à son petit rituel. Plus je l'observais, plus je doutais qu'il soit là pour me reconquérir, d'ailleurs. Il avait l'air juste… paumé. Peut-être était-il sincère lorsqu'il m'avait dit être venu au *Fruits & Coffee* pour chercher des réponses, finalement… Peut-être même voulait-il changer. Je l'espérais pour lui, parce que j'ai toujours souhaité croire au meilleur de la part de l'humanité.

Cela dit, malgré mon tout nouveau stoïcisme, j'attendais avec impatience le moment où il comprendrait qu'il n'avait plus rien à chercher ici, et où il disparaîtrait définitivement de mon chemin.

12

Le jour où tout a basculé a commencé comme chacun des samedis des trois mois précédents.

Octave s'est présenté au *Fruits & Coffee* aux alentours de seize heures, comme d'habitude. Il a commandé un macchiato auprès de Liam, comme d'habitude. Il s'est installé à une table éloignée du comptoir avec un livre, comme d'habitude.

Quand j'ai été sûre qu'il était plongé dans son roman et qu'il ne m'observait pas, je l'ai fixé pendant plusieurs secondes en soupirant. Ainsi, il s'accrochait encore. Cela me dépassait. Pour moi, notre rupture était de l'histoire ancienne… alors que c'était à moi qu'on avait menti dans l'affaire ! Pourtant, je m'en remettais, et pas Octave. Je formais des projets, j'allais de l'avant, j'organisais mes vacances d'été avec des camarades de promo : bref, j'avais fait taire mon cœur brisé et affrontais de nouveau la vie, la tête haute. Pourquoi mon ex n'y parvenait-il pas, lui qui n'avait que son ego à panser ?

— C'est la treizième semaine qu'il vient, m'a fait remarquer Liam. Tu crois que ça va durer encore combien de temps ?

— Je n'en sais rien…

Et je devais avouer que j'en avais assez. J'étais déterminée à ne pas aller parler à Octave, même pour le chasser du *Fruits & Coffee*, mais j'aurais bien aimé qu'il finisse par comprendre de lui-même qu'il n'avait plus rien à faire là.

Secouant la tête, je me suis retournée et agenouillée pour enfourner une plaque de cookies – les stocks dans la vitrine commençaient à baisser. Je venais de programmer le temps de cuisson lorsque Liam m'a lancé, sur le ton de la plaisanterie :

— Mate un peu le mec qui vient d'entrer, Sophie ! Ne me dis pas que c'est aussi un ex à toi !

J'ai haussé les sourcils et ai jeté un regard en arrière pour observer le client que mon collègue me désignait. J'ai tout de suite compris pourquoi il m'avait fait cette blague : l'homme qu'il me montrait arborait une couleur de cheveux aussi remarquable que celle d'Octave, un rouge sombre impossible à manquer. Impossible à oublier, aussi.

Liam a tout de suite constaté à mon expression ébahie que quelque chose n'allait pas.

— Merde, c'est vraiment un ex à toi ? a-t-il soupiré.

— Non, ai-je murmuré en me relevant. C'est Henry… le meilleur ami d'Octave.

Qu'est-ce qu'il faisait là ? Ce n'était manifestement pas son comparse qui l'avait convié : toujours absorbé par sa lecture, il ne donnait pas l'impression d'attendre qui que ce soit. L'espace d'un instant, j'ai imaginé que c'était là une partie d'un plan vicieux de sa part pour que je retombe sous sa coupe. Mais comment la venue d'Henry aurait-elle pu faire partie d'une quelconque stratégie ? C'était la dernière personne que j'étais prête à écouter s'il plaidait en faveur de mon ex, et j'osais croire qu'ils le savaient tous les deux.

— Tu veux que je le foute dehors ? m'a proposé Liam. Tu sais que tu n'as qu'un mot à dire. Je ne comprends pas comment tu fais pour tolérer encore ce connard à quelques mètres de toi depuis toutes ces semaines, alors si maintenant le meilleur ami se ramène aussi…

— Laisse-les. Je veux voir ce qu'Henry est venu faire ici.

Tant pis si je n'étais pas discrète : s'ils avaient voulu de l'intimité, ces deux fumiers auraient pu se retrouver ailleurs que dans *mon* café.

En une seconde à peine, il est apparu clairement qu'Henry n'était pas là pour venir me parler. Nos regards se sont croisés, et j'ai lu dans ses prunelles une haine qui m'a clouée sur place. Rarement j'avais vu dans des iris un tel dédain, une telle colère. J'ai dégluti, ébranlée… avant de m'indigner intérieurement. La personne qui devait être furieuse, dans l'histoire, c'était moi ! Mais Henry ne m'accordait déjà plus d'attention : s'avançant entre les tables, il filait droit vers Octave. J'ai tendu l'oreille ; même si mon ex s'était installé assez loin de l'endroit où je me tenais, le *Fruits & Coffee* n'était pas très grand, et en me concentrant, j'espérais pouvoir entendre ce que les deux hommes se diraient.

Octave a relevé la tête lorsque son ami s'est arrêté devant lui. En le découvrant, son expression a changé d'un coup. Lui qui paraissait calme et détendu s'est crispé ; il a pris un air coupable que je ne lui connaissais pas.

— Tu dois arrêter de venir ici à présent, lui a lancé Henry de but en blanc. Tu ne trouves pas que ça a assez duré ?

Je me suis surprise à sourire. Enfin, quelqu'un faisait entendre la voix de la raison à mon ex. Trois mois après notre rupture, j'allais peut-être être débarrassée de lui pour de bon. Si Henry pouvait emmener son meilleur ami loin de mon boulot et le convaincre de ne jamais revenir, cela aurait été un vœu exaucé.

Octave a bredouillé en réponse quelque chose que je n'ai pas réussi à comprendre. Il n'en menait pas large, et il avait de quoi : se rendait-il enfin compte que son comportement était ridicule ?

— Mon Dieu, cette fille t'a vraiment retourné le cerveau, lui a asséné Henry.

Lui n'hésitait pas à s'exprimer d'une voix forte, si bien que je n'avais aucun mal à entendre ses paroles.

— Tu es pathétique, a-t-il poursuivi. Tu le vois bien, non ? Te traîner à ce café tous les samedis après-midi… mais qu'est-ce que tu as cru ? Qu'elle allait te reprendre ? Ce n'est pas possible. Elle ne t'aime pas. Fais-toi une raison.

C'était aussi ce que je pensais, mais j'étais étonnée qu'Henry l'exprime en des termes si durs. Octave était son meilleur ami, je me serais attendue à ce qu'il prenne davantage de précautions pour ménager ses sentiments. Cela dit, que savais-je vraiment de la relation qui les unissait ? Ils étaient aussi tordus l'un que l'autre, rien de surprenant à ce que leur amitié le soit également.

— Allez, on y va, a décrété Henry. Et je t'interdis de revenir encore derrière mon dos.

Mon ex s'est levé sans prononcer un seul mot. Lentement, il a ramassé sa sacoche et l'a ouverte pour y ranger son livre. Trop lentement au goût de son ami, qui a cinglé :

— Dépêche ! Quelle chiffe molle, je vous jure…

Quelques autres clients leur ont jeté des regards, intrigués par les éclats de voix. Liam s'est tendu, prêt à intervenir en cas d'esclandre. Mais Octave a gardé le silence : il a accéléré le mouvement et a signifié à Henry qu'il était prêt à partir d'un hochement de tête. Son ami a tourné les talons et a rejoint la porte à grandes enjambées, d'un pas aussi décidé qu'à l'aller. Mon ex l'a suivi à la hâte, comme s'il avait peur de se laisser distancer.

En passant devant le comptoir, il a tourné la tête vers moi. Il y avait dans ses yeux de la panique, ce sentiment qui semblait prédominer chez lui depuis que je lui avais annoncé mon intention de rompre. J'ai eu l'impression subite que sans cris ni hurlements, il m'appelait au secours. Pour la première fois, je me suis dit qu'il était peut-être réellement effrayé, et pas seulement parce qu'il craignait d'être blessé dans sa fierté. Mais de quoi pouvait-il bien avoir peur ?

Cela n'a duré qu'un instant. Ensuite, il a reporté son attention sur Henry, qu'il a rejoint avant de sortir avec lui du café et de s'éloigner dans la rue.

— Ça y est, je crois que tu en es enfin débarrassée, m'a dit Liam avec enthousiasme.

J'ai acquiescé, sans parvenir à me réjouir autant que je l'aurais dû. Ce qui venait de se passer me perturbait, d'une manière que je ne parvenais pas à identifier clairement.

Et je ne suis pas du genre à oublier facilement quelque chose qui m'intrigue.

* * *

Le samedi suivant, Octave n'est pas venu au *Fruits & Coffee.*

Ce n'était pas inattendu : lorsqu'il s'était tourné vers moi avant de suivre Henry dehors, j'avais pressenti qu'il s'agissait là d'un adieu. Pourtant, aux alentours de seize heures, le moment où il arrivait habituellement au café, je n'ai pas pu m'empêcher de guetter la porte, me demandant s'il allait se montrer. Mais pas le moindre signe de lui. Le week-end d'après non plus, pas plus que celui d'encore après.

Une part de moi se réjouissait, c'est vrai. Être libérée d'Octave, n'était-ce pas ce que je souhaitais ? La manière dont ces visites s'étaient arrêtées me dérangeait néanmoins. J'avais le sentiment que s'il avait cessé de venir au *Fruits & Coffee*, ce n'était pas parce qu'il avait évolué ou parce qu'il avait compris qu'il devait m'oublier. Je n'étais même pas sûre de lui avoir ouvert les yeux sur ce que son comportement avec les femmes avait de malsain. J'avais l'impression que s'il ne se montrait plus, c'est parce que son meilleur ami l'avait brutalisé pour qu'il ait honte de lui-même. Et cela me troublait.

Ces pensées ont fait leur lit en moi, pernicieuses. Se rappelant à moi au détour d'un couloir à la fac, le soir au moment de m'endormir, et surtout le samedi après-midi, lorsque mon regard se perdait sur la table à laquelle Octave avait eu l'habitude de s'installer.

Un matin, au petit déjeuner, je me suis surprise à consulter ses profils sur les différents réseaux sociaux pour déterminer s'il m'avait remplacée par une nouvelle victime. Je n'ai rien vu. Pourtant, s'il était bien le monstre que je m'imaginais, il aurait déjà dû jeter son dévolu sur sa cible suivante, après avoir accepté que je lui resterais inaccessible… Il n'y avait rien non plus sur BrosOverHoes : le dernier article d'Henry datait de plusieurs mois et expliquait que « Barbie Philosophe avait montré les dents ».

La conclusion la plus logique, c'était que mes propos avaient eu un impact et qu'Octave avait changé. Pourtant, dans mes tripes, j'avais une impression différente. Le sentiment d'avoir raté quelque chose d'important à son sujet, de ne pas comprendre pleinement tout ce qui s'était passé. La détresse dans ses yeux, les mots durs d'Henry, tout cela ne collait pas.

J'y songeais un jour dans le métro en rentrant de la fac quand soudain, je me suis remémoré un mystère à propos duquel je n'avais jamais eu d'explication. Où allait donc Octave chaque dimanche matin ? Il ne me l'avait jamais avoué lorsque nous étions ensemble, et rien de ce que j'avais découvert par la suite ne l'expliquait.

Peut-être que cela n'avait rien à voir avec ses relations avec les femmes. Peut-être qu'il fréquentait un club de sport, un atelier de peinture ou quelque chose de ce genre-là. Mais dans ce cas, pourquoi me l'avait-il caché ? Cela n'aurait pas eu de sens…

Et si je n'étais pas la première à laquelle il s'accrochait de la sorte ? Il était venu au *Fruits & Coffee* pendant treize semaines d'affilée avant de lâcher prise ; peut-être y avait-il une autre femme à qui il s'agrippait depuis plus longtemps encore. Une proie plus juteuse ? Une obsession dont il ne parvenait pas à se défaire ? Un secret qu'il avait réussi à cacher à Henry, contrairement à celui de ses incursions dans mon café les samedis après-midi ? Une femme qu'il aimait vraiment, contrairement à toutes les autres dont il se jouait ?

Ou alors, peut-être dissimulait-il quelque chose d'encore plus noir que tout ce que j'avais déjà découvert.

Après tout, je ne m'étais pas doutée de la cruauté dont il était capable avec ses petites amies avant qu'Émilie ne me raconte son histoire... Si ce n'était que la partie émergée de l'iceberg, serais-je en mesure de m'en douter ?

Cette hypothèse m'a travaillée. J'étais peut-être la seule à savoir non seulement qu'Octave cachait une part sombre derrière sa façade de parfait gentleman, mais aussi qu'il n'avait pas révélé tous ses secrets. S'il rôdait autour d'une autre femme les dimanches matin, n'était-ce pas mon devoir de la prévenir avant qu'il ne soit trop tard ? Sur le coup, apprendre la cruauté de mon ex de la bouche d'Émilie m'avait fait mal, et j'avais d'ailleurs eu du mal à la croire, mais avec du recul, j'étais heureuse qu'elle m'ait livré son histoire. Cela m'avait évité le pire...

Curiosité non assouvie et crainte diffuse qu'une inconnue, quelque part, soit mise en danger par mon inaction se mêlaient dans mon esprit. Progressivement, l'idée d'aller me poster incognito devant l'immeuble d'Octave un dimanche matin, afin de le suivre et de découvrir, enfin, où il allait ainsi chaque semaine, a grandi en moi. Elle m'a paru ridicule au premier abord : une telle enquête me paraissait bien trop rocambolesque. J'étais juste une étudiante en philosophie, pas Miss Marple ! Et puis, j'avais clamé pendant des semaines que je souhaitais que mon ex sorte de ma vie, pourquoi donc voulais-je me mêler de la sienne à présent ? Cela n'avait aucun sens…

Mais au fond de moi, j'avais déjà fait mon choix : celui de l'action. Une petite voix en moi a soufflé à mon oreille, dissipant mes réticences une à une. Ce ne serait l'affaire que d'une matinée, après tout… Certes, j'avais un emploi du temps chargé, mais deux ou trois heures, je pouvais les trouver. Et puis, la démarche ne m'engageait à rien : si je me montrais discrète, Octave ne se rendrait pas compte que je l'espionnais, d'autant qu'il n'aurait aucune raison de se douter de ma présence.

J'avais besoin de savoir, ne serait-ce que pour faire taire les interrogations qui me perturbaient et pour fermer ce chapitre de ma vie une bonne fois pour toutes. Alors un dimanche matin, dès neuf heures, je me suis postée dans la rue de mon ex pour guetter ses allées et venues. Je savais qu'il était inutile de venir plus tôt : j'avais déjà dormi chez lui dans la nuit du samedi au dimanche, et il n'avait pas paru chercher à s'éclipser aux aurores… Et en effet, en arrivant, je l'ai aperçu par la fenêtre de son salon.

Sur ce, l'attente a commencé… Il faisait un peu froid et plus les minutes passaient, plus je me sentais ridicule. Espionner Octave, une perspective si excitante en amont, se révélait ennuyeux au possible. En une demi-heure, je n'ai rien appris de nouveau, sinon que mon ex buvait toujours du café au lait au petit déjeuner. Était-ce vraiment pour cela que j'avais mis un réveil un dimanche matin et que je m'étais composé une panoplie de James Bond girl, avec chapeau pour dissimuler mes traits et manteau emprunté à Coralie pour ne pas qu'Octave l'identifie ?

Je me désespérais moi-même, et je serais peut-être partie dans les minutes qui suivaient si je n'avais pas vu Henry apparaître au bout de la rue.

Dès que j'ai repéré ses cheveux rouges, j'ai sorti mon portable, baissé le regard et fait semblant de m'intéresser aux pâtisseries exposées dans la vitrine de la boulangerie près de laquelle j'étais postée, afin qu'il ne me remarque pas. Heureusement, il était sur le trottoir opposé au mien, il n'allait donc pas passer tout près de moi pour rejoindre l'immeuble d'Octave. Cela valait mieux : je ne suis pas sûre que mon déguisement sommaire aurait suffi à me dissimuler…

Pour faire bonne mesure, je suis restée plusieurs minutes face à la boulangerie avant de me risquer à me retourner de nouveau. Je me suis décalée de quelques pas pour jeter un regard par la fenêtre de mon ex : je l'ai aperçu avec son meilleur ami dans son salon. Henry n'avait pas retiré son manteau, et Octave avait le sien à la main : j'en ai déduit qu'ils n'allaient pas tarder à ressortir.

Ainsi, ils allaient bien quelque part ensemble tous les dimanches matin… mais où ? J'étais consciente que pour le savoir, j'allais devoir les suivre… sans me faire remarquer. J'étais peu confiante dans mes chances de succès, mais j'étais allée trop loin pour reculer à présent. Quelle frustration cela serait de rentrer chez moi sans les réponses que j'effleurais du bout du doigt !

Je me suis forcée à inspirer profondément pour me calmer. J'allais avoir besoin de lucidité, et de maîtrise de moi-même…

Quelques minutes plus tard, Octave et Henry sont sortis de l'immeuble. Je m'y étais préparée : je m'étais dissimulée dans un renfoncement, prête à me baisser derrière une grosse poubelle si nécessaire. Je n'en ai pas eu besoin : les deux amis sont partis du côté opposé au mien. Je leur ai laissé une trentaine de mètres d'avance avant de me mettre en mouvement à mon tour, restant prudemment sur le trottoir en face du leur.

Ils n'avaient pas l'air pressés : ils avançaient d'un pas calme. Je ne pouvais pas entendre leur conversation au vu de la distance qui nous séparait, mais il me semblait que c'était surtout Henry qui parlait. Octave, lui, se contentait d'acquiescer de temps à autre.

Ils ont rejoint une bouche de métro à quelques rues de là et se sont engouffrés à l'intérieur ; pour ma part, je me suis hâtée pour gagner un accès à la même station un peu plus loin dans la rue. Heureusement, il s'agissait d'une gare où les métros pour les deux directions partent de part et d'autre du même quai, et où une ligne seulement passait. Je n'avais donc pas de doute quant au fait que je les retrouverais... si je courais assez vite pour éviter qu'ils ne montent dans une rame avant que j'aie pu les rejoindre. J'ai eu de la chance : mon pass Navigo validé et les escaliers souterrains dévalés, je les ai aperçus à l'autre bout du quai sur lequel j'ai débouché. Je suis montée dans le même métro qu'eux, quoiqu'à leur opposé ; j'ai profité des quelques stations suivantes pour me rapprocher d'eux, jusqu'à les avoir en vue. Leurs cheveux colorés me facilitaient la tâche : ils étaient facilement repérables...

Ils sont descendus à Châtelet-Les Halles ; je leur ai emboîté le pas. L'effervescence de cette station géante, qui m'agaçait parfois, m'a bien servi ce jour-là : il y avait peu de risques qu'ils me repèrent dans la foule. Je les ai suivis jusqu'aux quais du RER B, direction sud. Ainsi donc, ils se rendaient en banlieue... Je suis montée dans le wagon suivant le leur et me suis placée de manière à pouvoir les observer à travers la porte de séparation. Ils ne paraissaient toujours pas se douter qu'ils étaient observés : assis l'un à côté de l'autre, ils avaient cessé de discuter à présent. Henry pianotait sur son téléphone tandis qu'Octave regardait les tunnels défiler à travers la fenêtre du RER, contre laquelle il avait posé sa tête.

Ils se sont levés alors que nous entrions en gare de Bourg-la-Reine ; j'ai fait de même. Heureusement, ils avaient l'air de savoir exactement où ils allaient et ils se sont dirigés droit vers la sortie de la station, sans observer les alentours. Je leur ai laissé plusieurs dizaines de mètres d'avance, comme lorsque j'avais débuté ma filature dans Paris, puis je les ai suivis de loin. J'étais fébrile : je n'arrivais pas à croire que tout ceci était bien réel, que j'étais en train d'espionner Octave et Henry, et sur le point de découvrir ce qu'ils cachaient. Je me doutais que ce n'était plus qu'une affaire de minutes avant qu'ils n'atteignent leur destination, et mon esprit bouillonnait d'hypothèses.

Bourg-la-Reine était calme en ce dimanche matin et je devais me montrer prudente pour ne pas me faire repérer. Aussi, lorsqu'ils se sont engagés brutalement dans une allée à leur gauche, j'ai failli les perdre.

Je me suis avancée afin de comprendre quel était ce lieu dans lequel ils venaient de rentrer, et je me suis figée en lisant le mot écrit en gros sur le mur d'enceinte.

« Cimetière ».

13

Le moins qu'on puisse dire, c'est que je ne m'attendais pas à ça. C'était donc sur une tombe qu'Octave et Henry se rendaient tous les dimanches matin… J'en suis restée ébahie. Avec ce que j'avais découvert sur eux, je m'en étais fait l'image de deux égocentriques pour qui seuls comptaient leur propre amusement et leur sentiment de supériorité sur le reste du monde. Cela me paraissait peu compatible avec un pèlerinage hebdomadaire pour commémorer la mémoire d'un défunt. D'autant que je n'avais aucune idée de qui cela pouvait être. Octave ne m'avait jamais laissé entendre qu'il avait subi une perte, encore moins qu'il en souffrait encore au point de réserver une demi-journée par semaine pour se recueillir. Je savais qu'il ne voyait plus ses parents, et j'ai supposé un instant que c'étaient eux qui étaient enterrés là. Cependant, il me semblait avoir compris de ce qu'Henry m'avait dit à leur sujet qu'ils étaient encore vivants… Ça ne collait pas.

Et pourtant, je voyais les deux amis au loin, tous les deux. Cheveux bleus et cheveux rouges, face à une stèle en granit clair.

Je me suis dissimulée derrière un cèdre imposant qui couvrait le cimetière de son ombre. À présent, il ne me restait plus qu'à attendre qu'Henry et Octave partent ; impossible de m'approcher pour découvrir l'identité du défunt tant qu'ils étaient là.

Mon ex s'est agenouillé et a touché la pierre tombale de la paume. Il paraissait lui parler, mais de là où j'étais, je ne pouvais pas entendre quoi que ce soit. En tout cas, son attitude exprimait une peine immense, loin d'être apaisée. Aux antipodes du bourreau sans cœur que je m'étais représenté après notre rupture. Il était sensible, l'accablement qu'il paraissait ressentir le prouvait. Alors que s'était-il passé ?

Il s'est relevé. Henry lui a passé un bras autour des épaules et a soufflé à son oreille. Des mots de réconfort, espérais-je. Cela dit, au vu du manque de tact dont il avait fait preuve lorsqu'il était venu chercher Octave au *Fruits & Coffee*, je n'en aurais pas mis ma main à couper. Je ne parvenais pas à comprendre la dynamique qui les unissait. En apparence, ils semblaient les meilleurs amis du monde, le fait qu'Henry accepte d'accompagner Octave à ce cimetière tous les dimanches matin en était d'ailleurs une preuve de plus. Il y avait cependant une rudesse dans la manière dont Henry traitait parfois mon ex qui me paraissait discordante.

Il ne me restait plus qu'à croiser les doigts pour que l'identité de la personne enterrée là soit la pièce de puzzle qui me manquait pour que tout le reste fasse sens...

Au bout d'une vingtaine de minutes, Octave s'est accroupi une seconde fois, puis les deux amis se sont remis en marche, en direction de la sortie du cimetière. Le large tronc du cèdre me masquait toujours à leur vue, et j'y suis restée collée assez longtemps pour être certaine qu'ils avaient quitté les lieux. Il était inutile que je poursuive ma filature : j'étais persuadée qu'ils allaient rentrer à Paris à présent.

Lorsque je me suis écartée de l'arbre, il n'y avait plus personne autour de moi. Un frisson m'a parcourue. J'avais l'impression que j'allais réveiller un fantôme en m'approchant de la tombe qu'Octave et Henry avaient quittée quelques instants plus tôt... Le bruissement des branches des arbres et le chant des oiseaux, des sons qui m'apaisaient en temps ordinaire, avaient à cet instant quelque chose de sinistre.

Tant pis. Je voulais la vérité, je n'allais pas me laisser arrêter par une frayeur superstitieuse.

Le gravier de l'allée crissant sous mes pas, je me suis approchée de la stèle. De nombreuses plaques commémoratives étaient posées dessus : le défunt avait dû être très pleuré... Un bouquet de fleurs fraîches jaillissait d'un vase ; elles ne pouvaient dater que de quelques jours tout au plus, pas d'une semaine entière. Quelqu'un d'autre qu'Octave visitait donc cette tombe.

Encore quelques mètres, et j'ai pu lire le nom inscrit en lettres dorées sur le granit.

Adeline Blanc. 1990-2010.

Adeline... Je connaissais ce prénom. C'était l'un de ceux qui se trouvaient sur les étiquettes attachées aux bagues qu'Octave conservait dans la boîte au bas de sa penderie. Ils avaient donc été fiancés... et elle était morte. Sept ans plus tôt.

Octave se rendait-il sur sa tombe chaque semaine depuis tout ce temps ?

J'en étais sidérée. Jamais je n'aurais imaginé que c'était l'une des jeunes femmes qu'il avait demandées en mariage qui était enterrée là. Pour moi, il était acquis qu'il n'avait pas de réels sentiments pour elles, qu'il s'était joué d'elles afin de s'amuser de leur naïveté avec Henry. Cette stèle changeait la donne. Il ne la visiterait pas encore s'il ne faisait pas un deuil sincère et profond de cette Adeline. N'est-ce pas ?

Je me suis agenouillée à mon tour et ai touché la pierre froide, essayant de comprendre. J'ai parcouru du regard les inscriptions sur les plaques. « À notre fille chérie », « À notre amie », « À la plus pétillante des cousines ».

« À l'amour de ma vie », proclamait l'une d'elles. Venait-elle d'Octave ?

J'avais suivi mon ex pour obtenir des réponses, et je me retrouvais avec encore plus de questions qu'avant…

Je me suis relevée et j'ai quitté le cimetière. Il ne me servait à rien d'y rester : il n'avait plus rien à m'apprendre. Je m'y sentais illégitime, à profaner le repos des morts afin d'assouvir ma curiosité, et j'avais hâte de retrouver un lieu plus neutre pour y réfléchir posément…

J'ai regagné la gare de Bourg-la-Reine. Le prochain RER ne passerait pas avant une dizaine de minutes ; je me suis assise sur l'un des sièges en plastique du quai en attendant, et j'en ai profité pour sortir mon portable afin de vérifier quelque chose. À contrecœur, j'ai tapé l'adresse de BrosOverHoes dans la barre de recherche de Google, et je me suis rendue sur la page de « Récapitulatif » du site. J'ai froncé les sourcils en constatant que mes souvenirs étaient exacts : avant moi, seules six ex-fiancées d'Octave étaient répertoriées, et la plus ancienne, « Lady Coincée », avait été en couple avec lui en 2011-2012. Il ne pouvait donc s'agir d'Adeline…

Cela signifiait-il que la défunte avait un statut particulier aux yeux d'Octave ? Qu'elle, il l'avait réellement aimée, et qu'ensuite, le cœur brisé, il s'était joué des femmes pour oublier ? Mais si elle signifiait davantage à ses yeux, pourquoi rangeait-il sa bague de fiançailles avec les autres ?

Peut-être ne l'avait-il pas aimée non plus ? Alors pourquoi se rendre sur sa tombe toutes les semaines depuis sept ans ? Par culpabilité, peut-être ? Parce que c'était à cause de lui qu'elle était morte ? Le jeu auquel il se livrait avec Henry était si cruel… J'imaginais sans peine qu'après une rupture aussi terrible que celle qu'Octave infligeait à ses fiancées, une jeune femme un peu fragile soit capable de commettre un geste désespéré. Cependant, si c'était ce qui était arrivé à Adeline, et si Octave s'en voulait pour cela, comment avait-il pu répéter le même schéma tant de fois par la suite ?

Non, je ne comprenais pas. La seule chose qui me paraissait évidente, c'est que je me trompais en estimant avoir entièrement percé mon ex à jour lorsque je l'avais quitté.

Après notre rupture, il avait essayé de s'expliquer ; je ne l'avais pas laissé faire. Je pensais que tout ce qui sortirait de sa bouche ne serait que mensonges visant à me reconquérir, dans une tentative pour préserver son ego. Je ne l'avais pas cru lorsqu'il affirmait chercher des réponses en venant semaine après semaine au *Fruits & Coffee*.

Anne et surtout Émilie m'avaient mise en garde contre Octave, m'encourageant à dresser des barrières pour me protéger de lui. Et si je les avais élevées trop haut ? Et si elles m'avaient empêchée de réaliser que la situation était encore plus complexe qu'il n'y paraissait ?

C'est perdue que je suis rentrée chez moi. Je ne savais pas quoi faire de ce que j'avais découvert ce matin-là, de toutes les suppositions qui se bousculaient dans ma tête. J'ai rendu son manteau à Coralie, rangé mon chapeau, et continué à cogiter tout en me préparant des pâtes pour le repas de midi.

Alors, j'ai réalisé que la voie dans laquelle je m'étais engagée n'avait qu'une seule issue. Octave disait se poser toujours des questions au sujet de notre relation ; moi aussi, j'en avais. Pas les mêmes, sans doute, mais elles étaient bien présentes.

Pour pouvoir vraiment tourner la page d'une histoire, il faut avoir un sentiment de clôture. Plusieurs mois avaient passé, et ce n'était pas encore mon cas.

J'ai soupiré. Ma décision était prise.

Il était temps qu'Octave et moi ayons une nouvelle discussion.

14

Des mois après, la porte de l'immeuble d'Octave m'était toujours aussi familière. Je me rappelais parfaitement sa peinture rouge craquelée sous laquelle apparaissait par endroits un panneau de bois vieillissant – tout comme le code de l'interphone, que j'ai tapé sans la moindre hésitation. Il n'avait pas été changé. Je suis rentrée dans le bâtiment.

La dernière fois que je m'étais trouvée dans l'escalier commun, je l'avais dévalé à toute allure, fuyant le repaire de l'ogre auquel je venais d'échapper. Cet après-midi-là, je l'ai monté lentement, prête à faire volte-face à chaque marche gravie. Mais sans que je sache parfaitement ce qui me poussait, je me suis retrouvée à l'étage d'Octave sans avoir fait demi-tour. Je me suis plantée devant la porte de son appartement et j'ai sonné avant de trop réfléchir à ce que j'étais en train de faire.

J'ai entendu du bruit à l'intérieur, et j'ai paniqué. Il était trop tard pour reculer, cependant.

La porte s'est ouverte. Octave est apparu. Il avait une mine sombre, mais son expression renfermée a vite été remplacée par de la surprise lorsqu'il m'a découverte. Pendant quelques secondes, aucun de nous deux n'a dit quoi que ce soit. Je l'ai observé ; il m'a paru… changé. Je l'avais vu le matin même, mais de trop loin pour pouvoir distinguer les traits de son visage. J'ai noté à la volée une foule de détails. Sa barbe, si elle était toujours aussi bleue, n'était pas entretenue avec le même soin qu'avant : on distinguait des racines blondes à sa base. Il y avait des chaussures éparses dans l'entrée de l'appartement – quand je sortais avec lui, Octave prenait toujours soin de les ranger dans un petit meuble prévu à cet effet. Il portait un sweat élimé, une vieillerie que je n'avais jamais connue ailleurs qu'au fond de sa penderie.

En résumé, il avait perdu l'assurance qui m'avait toujours paru le caractériser.

— Qu'est-ce que tu fais là, Sophie ? a-t-il fini par aboyer. Je pensais que tu aurais été heureuse de ne plus me voir toutes les semaines au *Fruits & Coffee*. Tu n'avais qu'une hâte, c'était que je lâche l'affaire, non ?

Je n'ai pas répondu. Je n'étais pas là pour me justifier auprès de lui : je voulais cerner ce qui lui arrivait.

L'agressivité avec laquelle il m'a accueillie m'a agacée, et je me suis raccrochée à la plus formelle des politesses pour ne pas me laisser entraîner dans une dispute qui aurait été contre-productive.

— Bonjour, Octave. Puis-je entrer ?

Il a haussé les épaules, comme s'il lui était indifférent que je reste ou que je m'en aille. Au moins, ce n'était pas un « non »… J'ai fait un pas en avant, il s'est écarté.

— Tu es seul ? ai-je pris la précaution de demander.

J'avais observé le salon depuis la rue quelques instants plus tôt pour m'assurer qu'Henry était bien rentré chez lui, mais il aurait très bien pu être dans une autre pièce à ce moment-là. Et je ne voulais pas qu'il soit dans les parages pendant la discussion qui allait suivre. Confusément, j'avais le sentiment qu'il ne devait pas y assister.

— Oui, a grogné Octave.

J'ai hoché la tête et pris la direction du canapé. Avant de m'asseoir, j'ai dû déplacer une serviette qui avait été abandonnée là.

— Qu'est-ce que tu veux, Sophie ? a répété Octave après avoir fermé la porte de l'appartement.

Il y avait moins d'acidité dans sa voix, et davantage de curiosité. J'ai inspiré, puis annoncé :

— Je suis prête à entendre ce que tu as à me dire, à présent.

Son visage s'est illuminé l'espace d'un instant, et j'ai regretté mon aveu. J'étais là pour obtenir des réponses aux interrogations qui subsistaient encore entre nous, pas pour lui redonner de l'espoir… Cependant, son expression a retrouvé sa morosité au bout d'une fraction de seconde à peine, et il a lâché, amer :

— Tiens, c'est nouveau, ça.

— Pourquoi as-tu cessé brutalement de venir au café ? ai-je demandé, bien décidée à ne pas me laisser atteindre par son ton sarcastique.

C'était une question comme une autre pour engager la discussion. Pas la plus brûlante, mais au moins ne m'obligeait-elle pas à révéler à Octave que je l'avais espionné pour en découvrir plus à son sujet.

— Tu l'as bien vu, Henry est venu pour me remettre les idées en place, a-t-il grogné.

Oui, en le traitant de « chiffe molle », un comportement bien étrange de la part d'un ami. Cependant, j'ai gardé pour moi cette réflexion. Attaquer leur relation d'emblée n'était probablement pas la meilleure manière d'obtenir les réponses que j'étais venue chercher.

Un moment de silence gêné s'est étiré entre nous. Octave me fixait et moi, je ne parvenais pas à décoller mon regard de mes pieds. Finalement, j'ai embrayé en lâchant :

— Tu n'y arrivais pas tout seul ? Pourquoi ?

Octave s'est crispé et a cinglé :

— Pourquoi tu me poses ces questions, Sophie ? Tu veux te venger, c'est ça ? T'amuser à me tourmenter ? Eh bien vas-y, crache-moi ce que tu as sur le cœur, qu'on en finisse.

— Non, ce n'est pas pour ça que je suis venue.

C'était vrai. J'avais longtemps nourri une colère brûlante à l'égard de mon ex, mais elle s'était apaisée au fil des semaines, remplacée par de l'incompréhension et une certaine forme de pitié.

Il s'est brutalement tourné vers moi et m'a regardée droit dans les yeux. Une fois de plus, son expression s'est modifiée. L'espoir y a enflé, et j'ai su ce qu'il allait me demander avant même qu'il n'ouvre la bouche.

— Est-ce que… tu as encore des sentiments pour moi ?

Dans son regard, j'ai lu que c'était un « oui » qu'il attendait, et cela a suffi à répondre à l'une de mes questions. S'il avait cessé de venir au *Fruits & Coffee*, ce n'était pas parce qu'il avait tourné la page de notre histoire. Toutefois, même si je percevais avec quelle intensité il guettait mon verdict, il m'était impossible de lui donner celui qu'il attendait. Tout simplement parce que je ne pouvais pas mentir. Je ne l'aimais plus – il avait perdu toute emprise sur mon cœur lorsque j'avais appris ce qu'il avait fait à ses ex-fiancées.

Mais il n'est pas nécessaire d'aimer quelqu'un pour s'inquiéter pour lui.

— Non, Octave. Je ne suis pas là pour ça non plus, ai-je affirmé.

Je l'ai vu se décomposer sous mes yeux, et revenir à sa méfiance initiale. J'ai pensé que si j'avais joué le jeu le temps de ma visite, j'aurais eu plus de facilité à parvenir à mes fins et tirer de lui les réponses que je désirais… Je préférais cependant les obtenir à la loyale, sans manipulation.

— Alors, pourquoi ?

— Je te l'ai dit : lorsque nous avons rompu, j'ai refusé d'entendre ta version des faits. Je suis prête à t'écouter désormais.

Octave s'est tourné vers moi et m'a observée pendant plusieurs secondes, comme s'il pesait le pour et le contre. Je lui ai souri, encourageante. Cela n'a pas suffi. Il a de nouveau grimacé et m'a balancé :

— Qu'est-ce que ça changerait ? Tu ne veux pas de moi, tu as été très claire là-dessus. Je suis un moins-que-rien, une ordure, je ne mérite pas ton attention. Alors laisse-moi étouffer seul dans ma merde, je t'en prie !

Je suis restée immobile, ne prenant pas au sérieux son invitation à m'en aller. Il a cependant insisté, avec véhémence :

— Barre-toi, Sophie ! Je ne veux pas de ta compassion !

Il s'est approché de moi et a attrapé mon bras. Il a tiré, j'ai résisté. Ses yeux s'étaient humidifiés : même s'il retenait ses larmes, il était évident qu'elles menaçaient de déborder. Cela m'a confortée dans mon idée que quelque chose ne tournait pas rond ici, qu'Octave était ébranlé. Qu'il fallait que je saisisse pourquoi.

— Barre-toi ! a-t-il répété.

Il avait perdu de sa conviction, cependant. Sa poigne sur mon bras s'était faite plus lâche. J'ai pris sa main pour l'éloigner. Il n'a pas opposé de résistance.

— Je ne peux pas te laisser dans cet état, lui ai-je dit doucement. Assieds-toi, calme-toi.

Brusquement, il a fait un pas en arrière et s'est installé sur le canapé, suffisamment loin de moi pour que nous ne puissions pas nous toucher par mégarde.

— Je crois que tu es malheureux en ce moment, Octave, ai-je commencé. À cause de notre rupture, en partie : je t'ai accusé de m'avoir séduite uniquement pour jouer avec moi lorsque je t'ai quitté, mais je n'en suis plus si certaine à présent. Je crois que tu éprouvais vraiment quelque chose pour moi… mais qu'il y a une partie de ton passé que je ne connais pas encore, et pas seulement celle qui concerne ces fiancées que tu as abandonnées les unes après les autres.

Je tissais ma toile d'hypothèses au fur et à mesure. Octave restait parfaitement immobile, ne confirmant ni n'infirmant aucun de mes propos. J'ai senti que c'était le moment de me jeter dans le vide, d'abattre mes cartes. J'ai pris une profonde inspiration puis ai avoué :

— Je t'ai suivi jusqu'au cimetière de Bourg-la-Reine ce matin.

D'un coup, il s'est raidi et a tourné la tête vers moi. Son expression affichait un mélange paradoxal d'effarement et de soulagement.

— J'ai vu la tombe d'Adeline, ai-je poursuivi. Je sais qu'elle aussi, tu l'as demandée en mariage : j'ai vu sa bague dans ta boîte, avec les autres. Que lui est-il arrivé, Octave ?

Ses lèvres se sont tordues. Incapable de me répondre, il s'est détourné, prenant son front entre ses mains. Il avait mal, je le sentais. Étais-je cruelle de le presser de questions de la sorte ? Peut-être. Mais après ce que j'avais failli subir, je méritais de connaître la vérité. Et lui, avait sans doute besoin de s'en libérer pour réussir à sortir du schéma délétère dans lequel il s'était enfermé avec les femmes.

J'ai attendu de longues secondes qu'il prenne la parole. Il ne l'a pas fait. Soit… J'allais devoir jouer aux devinettes, mais cela ne m'effrayait pas.

— Tu l'aimais vraiment, sinon tu ne te rendrais pas toutes les semaines au cimetière où elle est enterrée, ai-je supposé. Elle n'avait que vingt ans… Est-ce qu'elle a eu un accident ?

Pas de réponse.

— Est-ce qu'elle s'est suicidée ?

Toujours rien.

— Est-ce que quelqu'un lui a fait du mal ?

Cette fois, Octave m'a lancé :

— Tais-toi, Sophie ! Tu ne sais rien…

— Alors raconte-moi !

J'avais haussé le ton à mon tour. Octave a soutenu mon regard ; pendant une dizaine de secondes, nous nous sommes défiés. Il y avait tant de tension entre nous que l'air me semblait crépiter… Dans un grognement douloureux, il a fini par me dire :

— Elle est morte, c'est tout ce qui compte. Le reste est enterré avec elle.

— Pas pour toi, puisque tu ressens le besoin d'aller la voir tous les dimanches matin.

Se levant d'un bond, Octave a explosé :

— Qu'est-ce que tu veux que je te dise, Sophie ? Je l'aimais, plus que je ne croyais possible d'aimer quelqu'un, et puis elle a eu un cancer et j'ai cru crever ! Tu veux tous les détails ? Comment elle s'est affaiblie chimio après chimio, comment elle s'est amaigrie, comment ses cheveux sont tombés, comment je suis resté là comme un con à la regarder mourir dans l'impuissance la plus totale ? Parce que je peux te raconter tout ça en long, en large et en travers, les souvenirs d'elle me hantent depuis sept ans. Crois-moi, j'ai eu le temps de les explorer ! Ou peut-être que tu veux juste la partie romantique de l'histoire ? Notre rencontre au lycée, notre premier baiser au bal de promo, l'année merveilleuse que nous avons passée ensemble avant que ce putain de diagnostic ne fasse voler notre bonheur en éclats ? Je pourrais aussi te raconter le jour où je suis allé dans une bijouterie pour lui acheter une bague de fiançailles, te parler des diamants superbes qui m'entouraient et que je ne voyais même pas à travers mes larmes, parce que les médecins m'avaient dit le matin même qu'Adeline n'avait plus que quelques jours à vivre et que je voulais absolument lui déclarer mon amour éternel avant qu'elle ne parte. Deux semaines exactement, c'est ce qu'elle a tenu. La robe blanche qu'elle avait commandée n'a même pas eu le temps d'arriver, à la place c'est dans un linceul qu'elle a été enveloppée. Et jusqu'à la fin, elle est restée si lumineuse… Ses derniers mots ont été pour me dire que je devais continuer à vivre sans elle et être heureux. Mais comment s'imaginait-elle que je pourrais y arriver ? J'ai un cancer à l'âme, moi, maintenant. Et pour ça, il n'y a pas d'espoir de rémission.

15

J'avais voulu savoir ; maintenant, je savais. J'avais l'impression qu'on venait de m'asséner un uppercut à l'estomac ; au fil des paroles d'Octave, une boule avait enflé dans ma gorge.

Jamais au cours des mois que nous avions passés ensemble, je ne m'étais doutée qu'il portait une telle douleur en lui. Elle ne perçait jamais la façade d'assurance qu'il affichait. Parce qu'il l'étouffait ? Parce que c'était elle qui nourrissait sa rage de séduire désormais, le poussant de femme en femme pour oublier son deuil dans leurs bras ? Car elle devait être bien présente chez lui au quotidien, cette douleur, ce n'était pas possible autrement. Il n'aurait pu s'adresser à moi avec une telle hargne si cela n'avait pas été le cas. Comment avais-je pu la manquer ? Je m'en voulais, à présent, me disant que si je l'avais décelée plus tôt, les choses auraient pu être différentes... Il me paraissait clair qu'Octave avait besoin d'aide, qu'il se débattait dans une tristesse si profonde et si ancienne qu'il n'était plus en mesure d'en sortir seul. Pouvais-je lui tendre la main ?

Je n'ai pas eu le temps de m'interroger davantage, car il a repris, acerbe :

— Tiens, tu poses moins de questions, à présent... C'est bon, tu as eu ce que tu voulais ? L'ex que tu détestes, enfin crucifié pour ses péchés ? Tu vas me laisser tranquille, maintenant ?

— Je ne te déteste pas, Octave.

À cet instant, c'était vrai. Oui, lorsque nous avions rompu, je le haïssais, de toute la force de mon âme. Mais maintenant que je touchais à une couche plus profonde de ses secrets... De la compassion venait peu à peu remplacer ma colère.

Luttant pour conserver la maîtrise de moi-même, qui me semblait essentielle pour éviter que cette conversation n'aille s'encastrer dans une impasse, j'ai ajouté :

— Je suis désolée pour ce qui t'est arrivé... vraiment. Je n'ai pas connu Adeline, mais si tu me dis que c'était quelqu'un de bien, je te crois. Et je pense que personne, quoi qu'il ait fait, ne mérite de vivre un drame comme celui-là.

Octave a souri tristement, un peu apaisé. J'ai embrayé :

— Mais je ne comprends pas… Pourquoi t'es-tu mis à séduire des femmes à tour de bras après ça, en leur faisant miroiter le mariage avant de les abandonner ? Tu sais ce que c'est que d'avoir le cœur brisé, comment as-tu pu faire subir à d'autres une douleur comparable à la tienne ?

Octave a soupiré tout en se rasseyant sur le canapé. Il a laissé tomber sa tête en arrière avant de me répondre :

— Non, en effet, tu ne comprends pas, Sophie… parce que tu n'as jamais voulu comprendre. Depuis que tu as découvert les bagues de fiançailles chez moi, tu es persuadée que je jouais avec celles à qui je les ai offertes. Mais c'est faux. À chaque fois que j'ai demandé une femme en mariage, j'étais sincère.

Devant mon air surpris, il a ajouté :

— Oui, avec chacune des sept…

J'ai haussé un sourcil. Cela me paraissait si incroyable… Il s'est expliqué :

— Adeline m'avait fait promettre d'être heureux sans elle, et j'ai essayé, j'ai vraiment essayé… C'est ce qu'elle aurait voulu : que je retrouve l'amour. Nous avions vingt ans quand elle est morte, elle m'a dit que j'avais la vie devant moi, que je devais en profiter pour elle aussi… J'ai passé des mois dans une douleur atroce lorsque je l'ai perdue, mais ensuite, je me suis forcé à aller de l'avant :

je me suis inscrit sur un site de rencontres. Je n'y croyais pas au début, je trouvais tous les profils fades… Jusqu'au jour où je suis tombé sur celui de Marie de Varenville. Je me suis surpris à avoir envie de connaître mieux cette jeune femme. Elle était drôle, pétillante, plutôt jolie… Le courant est passé entre nous, et nous nous sommes mis ensemble. Ça a duré un an. Tout allait bien : je pensais encore à Adeline, bien sûr, je pense à elle tous les jours alors même que sept ans ont passé, mais j'aimais profondément Marie. Et je l'ai demandée en mariage, parce que j'étais convaincu que je pourrais passer le reste de ma vie avec elle, qu'elle me rendrait heureux.

Octave a soupiré et pris sa tête entre ses mains.

— Elle a dit « oui » en sautant de joie, elle m'a embrassé et je me suis persuadé qu'enfin, j'avais réussi à mettre mon deuil derrière moi… Mais c'était faux. Parce que si Adeline était revenue d'entre les morts, je n'aurais pas hésité une seconde : j'aurais quitté Marie pour mon premier amour. J'aimais Adeline plus qu'elle, même si elle n'était plus là… Avec cette demande en mariage, je les avais trahies toutes les deux. Il n'y avait plus qu'une chose à faire, c'était de rompre. Marie ne méritait pas de finir ses jours avec un type coincé dans le passé. Je sais que je lui ai fait mal sur le coup, mais c'était pour le mieux…

— Et ça a été comme ça…

— … avec toutes les autres ? Oui. Je les aime, et j'y crois à chaque fois : que celle avec qui je suis en couple pourra être la bonne, celle qui me libérera, celle qui sera plus forte que le fantôme d'Adeline. Incroyable, non ? Avec le temps, on pourrait se dire que je me serais résigné à finir ma vie seul. Mais non, je dois être un imbécile naïf. Je m'accroche, j'autorise mon cœur à revivre… jusqu'à ce qu'il se rappelle qu'il appartient en fait à une tombe.

Octave a fondu en larmes en ajoutant :

— Mais qu'est-ce qui ne va pas chez moi, putain ?

La tristesse qu'il dégageait me touchait l'âme : comment aurais-je pu rester insensible au récit qu'il venait de me faire ? Lorsque ses pleurs se sont un peu taris, j'ai soufflé :

— Octave… tu as vécu quelque chose d'horrible, personne ne peut se sortir indemne d'une perte pareille. Est-ce que tu es allé voir un psy ? Ça aurait pu t'aider.

Il a haussé les épaules en essuyant ses joues :

— À quoi bon ? Comme dit Henry, il m'aurait juste fait cracher de l'argent en s'arrangeant pour faire durer la thérapie aussi longtemps que possible.

— Henry ? ai-je répété en fronçant les sourcils.

Je ne pouvais pas sentir ce type, et qu'il ait dissuadé son ami de consulter un médecin m'interpellait. Octave a confirmé :

— Oui, son soutien me suffit. Sans lui, je me serais déjà effondré cent fois.

— Parce qu'il te secoue comme il l'a fait il y a quelques jours au *Fruits & Coffee* ?

Avec des insultes et des propos rabaissants ?

— Il fait ce qu'il faut pour que je respecte les dernières volontés d'Adeline. Il veut m'aider à retrouver l'amour, c'est tout.

— Et comment s'y prend-il exactement ?

Octave m'a coulé un regard en biais, sans doute intrigué par mon ton soudain sceptique. Il n'a cependant pas relevé et m'a répondu :

— Il m'accompagne toutes les semaines au cimetière de Bourg-la-Reine… mais ça, tu le sais déjà, puisque tu nous as suivis.

Je n'ai pas réagi au reproche implicite. À la place, j'ai demandé :

— Si tu veux aller de l'avant, pourquoi maintenir ce rituel ?

— Je suis fidèle au souvenir d'Adeline. Comment pourrais-je me dire un jour « allez, stop, c'est la dernière fois » ? Ce serait la tuer une fois de plus… Et puis, quand je vais là-bas, je me sens proche d'elle, de ce qu'elle voulait pour moi. Je me rappelle qu'elle m'a demandé d'être heureux, et Henry m'y pousse aussi. Il aimerait tant que je parvienne à retrouver l'amour… Je le déçois à chaque fois. Sans lui, je ne sais pas si je continuerais à m'acharner.

— Il te pousse à enchaîner les relations ?

— Non, plutôt à tenter ma chance, et à m'investir à fond. Il est si fier de moi à chaque fois que je me décide à faire une demande en mariage, il y croit avec moi… Il m'encourage même à me lancer tôt, il a hâte que l'Octave d'avant revienne, celui qui n'a pas été brisé par la mort de la femme qu'il aimait… Et ensuite, les deux semaines horribles se passent, celles où je fais des cauchemars où Adeline vient me demander des comptes. Il est là pour moi pendant cette période compliquée, je peux l'appeler à n'importe quelle heure du jour ou de la nuit, lui parler de mes doutes, et il m'écoute… Il m'aide à y voir clair, à me rendre compte que je me suis trompé, en me mettant le nez dans mes contradictions, en me forçant à déterminer si ma nouvelle fiancée, je l'aime plus qu'Adeline ou non. Parce qu'il ne veut pas que j'aie de regrets. Je lui suis tellement reconnaissant d'être si présent pour moi…

Plus Octave me parlait, et plus des fils s'entrecroisaient dans ma tête. Enfin, il me semblait comprendre l'horrible vérité derrière son histoire, celle que lui-même ne paraissait pas percevoir… Fronçant les sourcils, j'ai posé une autre question :

— Tu as déjà parlé d'Adeline à l'une de tes ex ?

Il a secoué la tête.

— Non, bien sûr que non. Elles voulaient juste être heureuses, elles n'avaient pas besoin de savoir à quel point j'étais cabossé. Elles n'auraient pas compris.

— C'est Henry qui t'en a convaincu, n'est-ce pas ?

Octave m'a dévisagée, ne sachant visiblement pas quoi répondre à ça. J'ai enchaîné :

— Et ta famille ? Pourquoi ne la vois-tu plus ?

Il s'est renfrogné encore un peu plus.

— Ils n'ont pas été présents pour moi après la mort d'Adeline. Ils disaient qu'ils me soutenaient, qu'ils m'aideraient à surmonter cette épreuve… Mais en réalité, ils n'étaient pas prêts à supporter ma douleur, à la prendre à bras-le-corps comme Henry l'a fait. Je n'ai pas besoin d'hypocrites dans ma vie. Je suis mieux seul.

Il s'est tu, et je n'ai pas relancé la conversation. J'avais besoin de déterminer ce que j'allais faire de tout ce que j'avais appris. Je m'étais rendue chez Octave, car je pressentais que je ne savais pas tout de son histoire ; j'étais loin de me douter de l'étendue de ce que j'ignorais.

Au fond, je ne lui devais rien. Même si je comprenais désormais pourquoi il avait enchaîné les demandes en mariage, incapable de se libérer de l'étau d'un passé traumatisant, cela ne changeait rien au fait que j'aurais été dévastée s'il m'avait quittée brutalement, sans considération pour ce que je pouvais ressentir. Il était prisonnier de son deuil et j'éprouvais de la compassion pour lui, mais ses ex-fiancées et moi n'étions pas des personnages secondaires de son histoire. Nous étions de vraies personnes, dont il s'était servi, certes inconsciemment, pour tenter de régler ses propres conflits internes. Même s'il me semblait à présent évident qu'il n'avait pas joué avec nous pour le plaisir cruel de nous manipuler, il ne nous avait pas accordé le respect que nous méritions en étant franc avec nous, en nous parlant de son passé. J'étais persuadée qu'au moins l'une d'entre nous aurait pu l'aider, avant qu'il ne soit trop tard.

Oui, je pouvais prendre mon sac et partir, le laissant seul. Personne ne me le reprocherait.

Personne, sauf moi.

Je n'avais pas envie de plonger mes mains dans la boue qu'Octave avait étalée devant moi. Pas envie de me salir avec ça, de me noyer avec lui. Je n'avais pas grand-chose à faire pour me protéger : juste me lever et quitter son appartement. Ne pas poursuivre cette conversation. Mais si je ne le faisais pas, personne ne viendrait me remplacer. Car Octave était seul. Il ne voyait pas sa famille, il avait fait le vide autour de lui. Son monde, c'était une seule personne : Henry.

Et après ce qu'il m'avait confié, il me semblait que c'était bien là le problème.

Quel meilleur ami était-il donc, pour se moquer des copines d'Octave dans son dos ? Car à présent, j'étais persuadée que ce dernier ignorait tout de BrosOverHoes. Quel genre de personne utilisait un drame comme celui qu'Octave avait vécu pour asseoir son emprise, empêchant l'autre de consulter un médecin et l'éloignant de sa famille ? S'amusait à le maintenir dans une spirale autodestructrice, le poussant à formuler des demandes en mariage hâtives, avant d'attiser ses doutes et ses angoisses jusqu'à la rupture ?

Les pires maux dont j'avais accusé Octave, c'était en réalité d'Henry qu'ils venaient. C'était lui qui tenait BrosOverHoes sous le pseudonyme de « Barbarossa », lui qui avait démoli l'assurance d'Émilie en l'attaquant sur son poids avec une cruauté inimaginable. Moi-même, je m'étais sentie mal à l'aise en présence de ce type lorsque je l'avais rencontré. Il avait dû rire sous cape en prétendant qu'il avait hâte de nous voir fiancés, alors qu'il savait pertinemment qu'une rupture allait suivre ; pire, alors qu'il allait tout faire pour la provoquer.

Eh bien, rirait bien qui rirait le dernier.

Il s'amusait avec son « meilleur ami » comme avec un jouet. Il n'avait jamais cherché à l'aider, juste à le rendre dépendant de lui pour le garder sous son contrôle. Voilà pourquoi Octave n'avait jamais pu se remettre de la perte d'Adeline : il ne lui avait jamais permis de faire son deuil. J'étais persuadée qu'il l'aiguillonnait régulièrement en évoquant son décès pour que sa douleur ne s'apaise pas, pour qu'il ne cesse jamais d'avoir besoin de lui. Qu'il le rabaissait pour qu'il soit incapable de gagner la confiance en lui nécessaire pour le fuir : j'en avais été témoin lorsqu'il était venu le chercher *manu militari* au *Fruits & Coffee*.

Face à son influence établie depuis plus de quinze ans, je ne savais pas si je ferais le poids. Mais en se plaçant sur mon chemin tous les samedis pendant des semaines, Octave avait réclamé mon aide, d'une certaine manière. Serait-ce suffisant pour qu'il saisisse ma main si je la lui tendais ? Je l'ignorais, mais je devais essayer, tant que je ne me mettais pas en danger moi-même. Il n'était pas là question d'avoir ou non des sentiments pour Octave. Juste d'épauler un homme perdu qui en avait besoin.

Par où pouvais-je commencer ? Peut-être par trois mots simples :

— Je suis là.

J'ai inspiré, puis ajouté :

— Tu n'es pas seul.

Octave m'a jeté un regard surpris. Ma soudaine bienveillance l'étonnait-elle, après les mots durs que je lui avais assénés lorsque je l'avais quitté, et la brusquerie dont j'avais fait preuve un peu plus tôt pour le pousser à me parler ? C'est possible. Choisissant prudemment mes mots, j'ai poursuivi en disant :

— Tu n'es pas obligé de rester enfermé dans la vie que tu mènes, Octave. Tu peux réussir à faire ton deuil. Il faut juste que tu prennes un nouveau départ. Que tu coupes avec les mauvaises influences qui te tirent vers le bas. La première étape pour que tu ailles mieux…

Il était suspendu à mes lèvres. Attendant que je prononce la formule magique qui le libérerait enfin des démons dans son esprit. Avec toute la conviction dont j'étais capable, j'ai asséné :

— … ce serait que tu t'éloignes d'Henry.

Je n'aurais jamais dû dire ça.

En un instant, son visage s'est refermé. Il a bondi sur ses pieds, comme si j'avais mis le feu à une mèche invisible et qu'il explosait comme un bâton de dynamite.

— M'éloigner d'Henry ? a-t-il répété. Et puis quoi encore ?

Il s'est approché de moi pour me dominer de toute sa hauteur et a continué :

— N'as-tu pas écouté ce que je te racontais ? Henry a été là pour moi quand ma propre famille me négligeait, il m'a aidé à traverser les périodes difficiles de ma vie, il y a eu bien des moments où sa main était la seule tendue vers moi. Il est ma constante, depuis des années... Et toi, tu débarques, et tu me dis de couper les ponts avec lui ? Il avait raison, tu ne vaux pas la peine qu'on perde son temps avec toi.

Je suis restée un instant ébahie. Au vu des réponses qu'Octave avait faites à mes dernières questions, je m'étais imaginé qu'il avait perçu lui aussi que l'attitude d'Henry avec lui n'était pas saine. Mais il n'en paraissait pas le moins du monde conscient...

Puis je me suis levée. Moi aussi, je pouvais user d'intimidation, même si avec mon mètre soixante-trois, je n'arrivais qu'au menton d'Octave. Sans perdre mon calme, mais avec fermeté, je lui ai demandé :

— Qui préfères-tu écouter ? Quelqu'un qui te dit que tu es pathétique et qui n'hésite pas à t'insulter quand tu ne fais pas ce qu'il veut, ou quelqu'un qui prend le temps d'entendre ce que tu as à dire et qui t'affirme que tu as le droit d'être heureux ?

— Je préfère la vérité.

— Mais es-tu sûr de la connaître ?

Octave a froncé les sourcils. J'ai enchaîné :

— Est-ce que tu sais qu'Henry se montre tout sauf bienveillant avec les filles avec lesquelles tu sors ? Qu'il les tourne en ridicule sur Internet ? Qu'il va même jusqu'à parier avec ses followers sur le temps qu'il te faudra pour les demander en mariage ?

— Hein ? N'importe quoi ! Il ne ferait jamais ça !

— Et pourtant si. Va jeter un œil au site BrosOverHoes, tu verras.

Octave a secoué la tête, incrédule, l'air de dire qu'il ne s'abaisserait pas à ça. J'ai insisté :

— Toi-même, tu l'as entendu, non ? Ma sœur est amie avec Émilie Renoir, elle m'a raconté son histoire. Henry l'a descendue en flammes lorsqu'elle a essayé de revenir te parler après votre rupture, il l'a insultée, l'a appelée « Fatty la Baleine »… Tu étais là, elle m'a dit qu'elle t'avait vu ouvrir la porte de ton appartement à un moment donné. Et tu as battu en retraite ! Comment as-tu pu faire ça, alors que tu prétends l'avoir aimée sincèrement ? Tu sais qu'elle ne s'est toujours pas remise de la violence de ces paroles ? Qu'elle n'a pas réussi à retrouver pleine confiance en elle, même deux ans après ? Qu'elle a abandonné ses passions parce qu'elle n'arrivait plus à trouver l'assurance nécessaire pour s'y investir ? Comment as-tu pu laisser Henry la traiter ainsi ?

— Mais non, c'est elle qui voulait m'insulter ! s'est insurgé Octave. Henry savait que j'allais mal après avoir pris ma décision, il voulait juste me protéger. Quand j'ai ouvert la porte, il était en train de lui dire que je ne reviendrais pas sur notre rupture, c'est tout. C'est elle qui était complètement hystérique !

— Oui, j'imagine que c'est ce qu'Henry t'a raconté… Il te manipule.

— C'est faux !

Ces derniers mots prononcés par Octave tenaient davantage du grognement que de l'affirmation. Il avait croisé les bras sur sa poitrine et me dévisageait avec dureté.

— Henry est mon meilleur ami, m'a-t-il asséné. Il s'est rapproché de moi quand nos camarades de classe me rejetaient, il m'a toujours fait passer en premier, il…

— Il t'a entraîné dans une spirale perverse. Il joue avec toi : ça l'amuse de te voir demander des femmes en mariage avant de les quitter. Il…

— Tais-toi !

Octave m'a violemment saisi le bras et m'a tirée vers le couloir. Pendant un instant, j'ai été trop surprise pour réagir : je ne m'attendais pas à ce qu'il use de force contre moi.

— Je t'interdis de parler de la sorte de la personne qui compte le plus à mes yeux, a-t-il décrété en ouvrant la porte d'entrée de son appartement. Henry m'avait bien dit que tu cherchais à semer la discorde entre nous. Je ne te laisserai pas faire. Barre-toi, Sophie, je n'écouterai pas tes conneries une seconde de plus.

— Sérieusement, Octave ? Tu ne vois pas à quel point il est toxique pour toi ? ai-je tenté pour me défendre.

Sans répondre, il m'a poussée dans le couloir. Son expression était si impassible que j'aurais pu douter qu'il m'ait entendue.

— Au fond de toi, tu sens qu'il y a quelque chose d'anormal dans votre relation, j'en suis sûre, ai-je insisté. J'ai vu le désespoir dans tes yeux quand il est venu te chercher au *Fruits & Coffee*. Tu étouffes sous son emprise, il faut juste que tu te l'avoues à toi-même.

La poigne d'Octave autour de mon bras s'est légèrement desserrée, et j'ai cru que mes paroles avaient fait mouche. Je me trompais. Son visage n'a rien perdu de sa froideur, et il a répété abruptement :

— Barre-toi.

Un peu plus tôt, lorsqu'il m'avait donné le même ordre, je l'avais combattu et je m'étais imposée pour le pousser à me parler. J'avais eu raison, puisqu'il avait accepté de se livrer à moi et de me raconter son histoire. Devais-je lutter une fois de plus ?

Sans doute pas. Cette fois, c'était un combat perdu d'avance.

D'un geste sec, j'ai dégagé mon avant-bras et fait un pas en arrière dans le couloir pour bien montrer à Octave que j'abandonnais la bataille. Il s'est un peu détendu et sa main est retombée le long de sa hanche. Alors, tristement, j'ai lâché :

— Le jour où tu ouvriras les yeux et où tu chercheras de l'aide pour fuir ton bourreau, je serai là. En attendant, adieu.

J'ai pivoté vers les escaliers. Derrière moi, j'ai entendu la porte de l'appartement claquer.

J'ai passé le trajet du retour jusque chez moi à ressasser la conversation dans ma tête, cherchant les erreurs à cause desquelles elle était partie en vrille. Mais il allait me falloir plus de temps qu'un voyage en métro pour digérer ce que je percevais comme un échec…

16

Le lendemain, même si tout ce que j'avais appris chez Octave tournait encore dans mon esprit, j'ai dû reprendre le cours normal de ma vie. Le TD auquel je devais assister ce matin-là avait été annulé, car mon enseignant avait attrapé une mauvaise grippe, et je suis donc restée chez moi, à réviser en vue de mes partiels. Sur le coup de midi, je jouais avec l'idée de me commander une box de nouilles chinoises quand soudain, mon portable a sonné. J'ai regardé l'écran distraitement : le numéro qui m'appelait n'était pas répertorié dans mes contacts. Je n'ai pas répondu : je supposais que ce devait être une énième publicité pour un forfait téléphonique ou une banque en ligne, et je ne voulais pas perdre de temps avec ça. Sauf que quelques secondes plus tard, une nouvelle vibration a fait trembler mon bureau. Une notification, cette fois : un message vocal avait été laissé sur mon répondeur. J'ai posé mes cours et tendu le bras pour attraper mon portable. J'ai lancé l'enregistrement, et une voix hostile a aussitôt commencé à cracher à travers les haut-parleurs :

— J'ai vu Octave ce matin. Il a la tête en vrac à cause de toi, pétasse. Tu es contente de toi ?

Je suis restée ébahie par tant de violence verbale. J'avais reconnu la personne qui m'insultait de la sorte, bien sûr : c'était Henry. Son timbre était un peu déformé par le téléphone, mais ce qu'il me disait ne laissait aucun doute sur son identité.

Je m'attendais à une suite, mais non, le message s'arrêtait là. Je me suis demandé quoi faire, et j'ai été dangereusement proche d'appuyer sur la touche « rappeler » pour livrer à Henry ma manière de penser. Il m'attaquait, j'avais bien le droit de me défendre, surtout avec tout ce que j'avais sur le cœur à propos de lui.

Mais j'ai rejeté mon portable sur ma pile de classeurs, lorsque j'ai pris conscience que me prendre le bec en direct avec ce mec ne m'apporterait rien. Juste de l'agacement. Et lui, pourrait utiliser mes paroles prononcées sous le coup de la colère pour me faire passer pour une harpie aux yeux d'Octave… Mieux valait que je reste silencieuse face à son fiel.

Une demi-heure plus tard, mon téléphone a vibré de nouveau. Cette fois, j'avais reçu un texto.

J'espère vraiment que tu as honte de ce que tu as fait. Tenter de mettre dans la tête d'Octave que je le manipule… mais pour qui tu te prends ?

D'autres ont suivi, sur le même ton.

Tu cherches à détruire notre amitié ? Ça fait quinze ans qu'on se connaît, il ne me lâchera jamais pour une fille comme toi. Je n'en reviens pas que tu aies essayé de nous séparer.

Tu es quand même une sacrée manipulatrice. Tordre les faits pour me faire passer pour le méchant de l'histoire… Tu en as, du culot.

Tout ça, c'est de ta faute. Tu l'as détruit avec tes mensonges et tes idées de merde. As-tu la moindre idée de ce qu'il a traversé ? Moi, j'étais là pour lui. Toi, tu ne cherches qu'à jouer à la sauveuse en écrasant tout autour de toi, alors que tu n'es passée dans sa vie que quelques semaines avant de le plaquer.

Tu me dégoûtes.

Les messages arrivaient à intervalles irréguliers. Parfois, Henry en envoyait deux d'affilée, pour que je me prenne le second de plein fouet alors que j'étais en train de lire le premier. Parfois, il laissait passer deux heures avant d'en expédier un nouveau, suffisamment longtemps pour que je me dise qu'il avait enfin abandonné et qu'il allait me laisser tranquille. Mais le flot ne s'est pas tari : trois jours après, je recevais encore des SMS de sa part. Cela me minait progressivement le moral ; on a beau être persuadé que la personne en face a tort, affronter une salve continue d'insultes et d'insinuations n'est pas chose facile. Au début, j'étais résolue à faire face, me disant que plus je collectais de messages, plus je récupérais de preuves de l'aspect malsain d'Henry. Et le fait qu'il ne lâche pas l'affaire me confortait plutôt dans mon opinion à son propos…

Sauf que les textos s'accumulant, je me suis rendu compte qu'ils allaient finir par me faire craquer. Combien de temps allais-je réussir à m'empêcher de taper une réponse bien sentie ? Cela me démangeait, et il me suffisait de quelques minutes de rage pour passer à l'acte. Sans compter que, le flux restant constant, je ne parvenais plus à penser à autre chose : j'avais du mal à me concentrer sur mes cours, sur mon travail au *Fruits & Coffee*... Mon esprit ressassait ces SMS, faisant prendre à mes réflexions un tour que je n'aimais pas : et si, comme Henry l'affirmait, j'avais quelque chose à me reprocher ? Est-ce que je n'avais pas été aveuglée par mon envie de trouver un moyen d'aider Octave, au point d'inventer une emprise dont il aurait été la victime ?

Non. Je ne pouvais pas autoriser Henry à saper mes certitudes de la sorte. Puisque je ne pouvais pas attendre qu'il se lasse de me harceler, je devais agir moi-même.

J'ai bloqué son numéro.

Enfin, j'ai pu retrouver ma tranquillité. Ne plus recevoir de textos incendiaires m'a permis de prendre du recul sur cet épisode, et d'y trouver, l'un dans l'autre, une raison d'espérer. Si Henry s'était mis en colère de la sorte, c'était forcément parce qu'Octave l'avait confronté à propos de ce que je lui avais révélé à son sujet. Il m'avait donc entendue, même s'il n'avait pas voulu le reconnaître sur le coup... Avait-il consulté BrosOverHoes et découvert la manière dont son « meilleur ami » se jouait de sa vie amoureuse ? Lui avait-il demandé des explications à ce sujet ? De ce que je comprenais de ses messages virulents, Henry avait tenté de justifier l'injustifiable, de me faire passer pour la méchante de l'histoire. Cela avait-il fonctionné ?

Je l'ignorais ; et bloquer le numéro d'Henry signifiait pour moi renoncer à en apprendre davantage. Mais je ne pouvais pas continuer à le laisser m'agresser de la sorte ; je devais d'abord me protéger moi-même. Et en ce qui concernait Octave, j'estimais avoir été assez claire en quittant son appartement : ma main était tendue vers lui, mais s'il désirait la saisir, c'était à lui de refaire un pas vers moi. Le brusquer en lui demandant des comptes aurait pu faire pire que mieux.

S'il voulait me recontacter un jour… eh bien, je n'avais pas bloqué son numéro, à lui.

* * *

Une fois le problème des SMS intempestifs écarté, je me suis demandé ce qui allait se passer ensuite. J'ai imaginé différents scénarios possibles, envisagé de nouveaux rebondissements qui auraient relancé cette affaire si pleine de drames : Henry se présentant en personne chez moi pour continuer à me déverser ses injures ; Octave se rendant finalement compte que j'avais raison à propos de son ami et venant réclamer mon aide ; de nouvelles révélations qui retourneraient mon opinion une fois de plus… Bref, je ne pouvais empêcher mon esprit de dériver. Je ne désirais pas vraiment que tout cela se produise – les événements comme ceux-là sont fatigants. Cependant, j'aurais bien aimé pouvoir me dire qu'un point final avait été mis à mon histoire avec Octave, que ce chapitre de ma vie était clos de manière satisfaisante. Certes, je pensais maintenant connaître l'essentiel de son passé ; mais savoir qu'il y était encore englué sans que j'aie réussi à l'aider m'attristait.

Rien de tout ce que j'avais imaginé n'est arrivé. Ce n'est pas une figure de style pour raconter quelque chose d'encore plus incroyable. Non, mon quotidien s'est étiré dans toute sa banalité. Je suis allée à la fac, j'ai assuré mes services au *Fruits & Coffee*, j'ai étudié à la bibliothèque universitaire... Les jours ont passé sans que quoi que ce soit me ramène à tout ce qui s'était produit. Si Octave et son récit ont été très présents dans mon esprit au début, en l'absence d'éléments nouveaux, j'y ai pensé de moins en moins fréquemment. Lorsque les jours sont devenus des semaines, j'ai accepté l'idée que je ne connaîtrais jamais le dénouement de l'histoire. Je m'y suis résolue : Octave n'avait été de passage que pour quelques mois dans ma vie, même s'il avait bouleversé bien des choses sur sa route. Nos chemins s'étaient séparés et c'était sans doute mieux ainsi. Ses révélations m'avaient convaincue qu'Henry l'avait manipulé et qu'il n'était pas aussi ignoble que j'avais pu le penser, mais il n'empêche qu'il traînait de lourdes casseroles derrière lui et qu'il était loin d'être un modèle de stabilité.

Alors, puisqu'il avait disparu de mes radars, je suis passée à autre chose. Des préoccupations qui me touchaient de plus près sont venues m'y aider : mon année de licence était désormais bien avancée, et je devais déterminer vers quelle poursuite d'études je souhaitais m'orienter.

Après ma rupture avec Octave, j'avais mis un certain temps à reconnaître qu'il m'avait aidée à m'engager sur une voie positive en m'apprenant à m'affirmer en tant qu'individu. J'avais dépassé le stade où je croyais avoir besoin de lui pour y parvenir : je me rendais compte que j'y arrivais très bien seule. J'avais fait du tri dans ma vie, entre ce qui était réellement important pour moi et ce à quoi je m'accrochais par habitude. Mais je n'étais pas encore pleinement heureuse : si je m'étais occupée du présent, je n'avais pas encore fixé mon cap vers un avenir dans lequel je m'épanouirais.

J'ai pris du temps pour moi, pour envisager mon futur, pour éplucher les brochures des formations supérieures. J'ai fait le point sur mes passions, sur ce qui me définissait, sur la personne que j'étais : une jeune femme qui aimait réfléchir, se poser des questions sur le monde qui l'entourait. Qui voulait voir au-delà de son horizon immédiat. Mais pas seulement pour rester en position d'observatrice. Je voulais changer les choses si cela m'était possible. Je tirais beaucoup de force du fait d'aider Alison avec ses cours ; mon intervention auprès d'Octave, si elle n'avait pas été couronnée de succès, le prouvait également.

Le déclic s'est fait lorsque je suis tombée sur la page web d'un master de Sciences Po qui m'a tout de suite attirée. Spécialisé en droits de l'homme et action humanitaire, dispensé en anglais, il permettait d'appliquer de manière pratique les réflexions sociologiques et éthiques que j'avais pu développer pendant ma licence en philosophie, tout en conservant l'ouverture sur le monde qui m'était si chère. Quant aux débouchés, ils me parlaient : m'engager dans des ONG pour faire avancer des causes signifiantes, c'était une voie dans laquelle je parvenais facilement à me projeter. Mieux : je m'y rêvais déjà…

Lorsque j'ai reçu l'e-mail qui m'a annoncé que ma candidature était retenue pour la rentrée suivante, j'ai bondi de joie.

Mon année de licence s'est terminée ; les vacances d'été ont suivi, puis mon intégration dans ma nouvelle formation, un gros changement à gérer. J'avais fort à faire et s'il m'arrivait de repenser à Octave, ce n'était que fugacement. Une ou deux fois, je suis allée consulter son compte Instagram par curiosité : rien n'y indiquait le moindre changement dans sa vie. Henry likait toujours toutes ses photos, quand il n'apparaissait pas directement sur certaines d'entre elles. Il laissait parfois des commentaires dont le côté possessif me crispait, du style « nous deux avant tout » ou « *mon* BFF ». C'était bien la preuve qu'il occupait toujours auprès d'Octave la place qu'il s'était construite au fil des années… Et cela continuerait jusqu'à ce que l'homme à la barbe bleue admette enfin que sa relation avec Henry était malsaine.

Cela me désolait, mais ne m'empêchait pas de profiter de la vie. Les mois se sont enchaînés à une vitesse folle, entre liens d'amitié à construire dans mon nouveau master, matières dans lesquelles j'avais beaucoup à découvrir et travail au *Fruits & Coffee* que j'avais conservé, sur de nouveaux horaires. L'organisation de mon cursus était plus propice au rapprochement entre élèves que ma licence, où se croisaient un grand nombre d'étudiants pour quelques heures par-ci par-là au gré des modules. Très vite, je me suis fait des amis avec lesquels je passais mes journées à étudier et avec qui je sortais souvent le week-end : Giulia, qui jouait, comme moi, de la flûte traversière ; Inès et son petit ami Benjamin, toujours motivés pour aller courir avec moi le dimanche matin ; Leila, qui nous faisait souvent bénéficier de la maison que ses parents possédaient en banlieue pour organiser nos fêtes… J'étais entourée de jeunes gens partageant mes centres d'intérêt, et je m'épanouissais dans ce cadre.

17

Ces amitiés toutes neuves ne me faisaient pas oublier ma sœur, dont j'étais toujours aussi proche. Au moins une fois par semaine, nous nous téléphonions pour nous tenir au courant de nos vies, pour nous confier l'une à l'autre… C'est en novembre, lors de l'un de nos appels, qu'elle m'a reparlé d'Émilie, son amie de lycée qui, comme moi, avait vu son chemin croiser celui d'Octave. Anne me donnait des nouvelles d'elle de temps à autre – je lui en demandais –, mais jusque-là elle n'avait rien eu de marquant à me partager. Cette fois, oui.

— Est-ce que tu fais quelque chose vendredi soir, dans dix jours ? a-t-elle attaqué.

— Non, pourquoi ?

— C'est Émilie. Je t'avais dit qu'elle s'était mise à l'opéra ?

— Super ! me suis-je exclamée.

— N'est-ce pas ? Elle adore et je trouve que ça lui fait beaucoup de bien. Bref, ça fait quelque temps qu'elle prend des cours, et il y a une scène ouverte spécial chant lyrique dans un café du neuvième arrondissement la semaine prochaine. C'est la première fois qu'elle se produira en public, et je ne sais pas s'il y aura quelqu'un pour la soutenir. Comme je n'habite pas à Paris, je ne peux pas être là, mais je me suis dit que toi, peut-être… Émilie sera touchée que tu viennes de ma part.

— Pas de problème, j'irai.

J'ai répondu sans la moindre hésitation : je me sentais redevable à Émilie d'avoir passé outre le traumatisme qu'elle avait subi pour me parler de son histoire. Je pouvais bien faire quelque chose pour elle en retour.

— Merci, Sophie, m'a dit ma sœur. Je t'indiquerai l'adresse et l'heure par SMS.

— De rien !

Anne et moi avons continué à discuter ; lorsque nous avons raccroché une demi-heure plus tard, elle m'a envoyé le message promis. Le vendredi suivant, comme convenu, je me suis rendue au café *Le Libretto* pour assister à la scène ouverte de son amie. J'avais proposé à Giulia de m'accompagner : nous aimions la musique classique toutes les deux et je savais que nous passerions un bon moment ensemble. Et puis, si jamais Émilie se montrait peu encline à discuter avec moi, au moins ne me retrouverais-je pas à siroter ma boisson toute seule dans un coin…

Il y avait un peu de monde et je n'ai pas repéré l'amie de ma sœur tout de suite ; je me suis installée à une table avec Giulia en me disant que je la verrais forcément au moment où elle se produirait devant le public. Les prestations se sont succédé, et toutes m'ont impressionnée : le coffre des chanteurs d'opéra force le respect. Ma camarade et moi applaudissions chaque performance, ravies de reconnaître des airs que nous n'avions jamais écoutés jusque-là en *live*.

Émilie est apparue en sixième ou septième position. Quand elle a sauté d'un bond sur l'estrade installée au fond du café, j'ai écarquillé les yeux. Je ne m'attendais pas à la voir aussi guillerette, étant donné l'air abattu qu'elle arborait la dernière fois que nous nous étions croisées… Il faut croire qu'Anne n'exagérait pas en disant que le chant l'aidait vraiment à remonter la pente.

Elle a interprété un morceau de Mendelssohn, *Auf Flügeln des Gesanges*, et sa performance m'a captivée du début à la fin. Moins à cause de la mélodie que parce qu'Émilie elle-même me fascinait. Elle me paraissait si changée, si rayonnante alors qu'elle s'appliquait à aligner les notes… Je ne me doutais pas qu'elle avait en elle une telle voix, ni que celle-ci était susceptible de la transcender à ce point. La jeune femme avait reconquis l'assurance que je lui connaissais au lycée, ne se tenait plus voûtée mais droite, fière de son chant et sans doute d'elle-même aussi.

Quand elle est descendue de scène, j'ai constaté qu'Anne avait tort de croire qu'elle serait seule : Émilie s'est jetée dans les bras d'un homme à la peau noire qui se tenait dans un coin du café. J'ai souri en les voyant s'embrasser amoureusement. Lorsqu'ils se sont écartés l'un de l'autre, ils se regardaient avec une tendresse émouvante.

Clairement, Émilie n'avait pas besoin de mon soutien, mais puisque j'étais venue, je voulais tout de même la saluer et discuter avec elle. Le hasard faisant bien les choses, le gérant du café a annoncé un entracte ; j'en ai profité pour traverser la salle et m'approcher du couple, laissant Giulia auprès d'une chanteuse avec laquelle nous avions sympathisé au fil de la soirée. Émilie s'est illuminée en me voyant.

— Sophie ! Ça fait plaisir de te voir !

Elle m'a fait la bise puis a désigné l'homme qui l'accompagnait.

— Je te présente Mahdi.

— Enchantée, ai-je déclaré à l'intéressé en lui tendant la main.

Il l'a serrée, puis a proposé à Émilie d'aller lui chercher une boisson pendant que nous discutions toutes les deux. Elle a accepté avec gratitude – j'imaginais sans peine que chanter devait lui avoir asséché la gorge. Il y avait la queue au bar : Mahdi allait en avoir pour un moment.

— Qu'est-ce que tu fais ici ? m'a demandé Émilie.

Je lui ai expliqué qu'Anne ne pouvait pas se déplacer en personne pour la soutenir pour sa première scène, mais qu'elle m'avait envoyée à sa place ; Émilie m'a remerciée et m'a dit que cela la touchait, que la perspective l'avait effectivement stressée mais qu'elle était contente de la manière dont elle s'en était tirée – c'était le principal.

Je l'ai taquinée en lui lançant que de toute façon, elle semblait avoir amené avec elle son fan numéro un, et elle a rougi.

— Ma sœur ne m'avait pas dit que tu avais retrouvé quelqu'un, ai-je enchaîné.

— C'est parce qu'elle ne le sait pas encore. À cause de ce qui s'est passé avec Octave, je préfère prendre mon temps, ne pas m'emballer en me précipitant dans la relation. J'ai peur de m'aveugler, comme la dernière fois.

— Je comprends… mais Mahdi me semble sincère. Enfin, du peu que j'en ai vu pour l'instant.

— Tu trouves ?

J'ai acquiescé, et cela a paru apporter un réel soulagement à Émilie.

— Comment vous êtes-vous rencontrés ? lui ai-je demandé.

— À mon école de chant. Il y est inscrit aussi. Nous nous y sommes croisés, nous avons bien accroché, et de fil en aiguille… voilà ! Il va monter sur scène tout à l'heure, après l'entracte. Il a une très belle voix, tu verras.

— Je n'en doute pas.

Nous nous sommes souri, puis j'ai relancé la conversation :

— C'est super que tu te sois mise à l'opéra… L'idée t'est venue comment ?

— C'est le destin qui l'a voulu !

J'ai dévisagé Émilie, surprise par sa réponse énigmatique. Remarquant mon air étonné, elle a explicité :

— Je ne plaisante pas, c'est vraiment une histoire incroyable. Figure-toi qu'un jour, j'ai trouvé un prospectus pour mon école de chant lyrique dans ma boîte aux lettres. Je l'ai regardé distraitement sur le moment et je n'y ai pas prêté plus attention que ça. Je l'ai jeté, je crois. Sauf que le lendemain, j'ai reçu un deuxième exemplaire au courrier, puis un troisième le surlendemain. Ça a duré plus d'une semaine. J'ai été intriguée, et c'est vrai que j'ai toujours aimé chanter. Ta sœur peut en témoigner, je saute sur la moindre occasion pour ça ! J'ai fini par céder à la curiosité, et j'ai contacté l'école pour m'inscrire.

— Ils doivent avoir du budget pour faire autant de publicité !

— Non, pas du tout ! J'en ai parlé avec ma prof un jour, et elle a été très surprise : à sa connaissance, ils déposent ces flyers seulement dans les salles de concert et les maisons des associations, ils ne les distribuent pas à l'aveuglette.

— Mais alors, comment ont-ils atterri dans ta boîte aux lettres ?

— C'est un mystère. Le destin, je te dis…

À cet instant, Mahdi est revenu auprès de nous avec les boissons – il avait poussé la prévenance jusqu'à en acheter une pour moi aussi. Je l'ai remercié, et nous avons continué à discuter tous les trois jusqu'à ce que l'entracte prenne fin.

Je suis rentrée chez moi ce soir-là, le sourire aux lèvres. J'étais heureuse pour Émilie : après ce qu'elle avait traversé, elle méritait d'aller enfin mieux et d'avoir trouvé une passion grâce à laquelle elle reprenait goût à la vie et regagnait confiance en elle. Qu'elle soit soutenue par un petit ami qui m'avait fait une excellente impression était la cerise sur le gâteau. Peut-être que le karma existait, et qu'elle obtenait compensation pour le malheur qu'elle avait injustement subi à cause d'Octave.

Le karma, vraiment ?

J'étais en train d'insérer ma clé dans la serrure de mon appartement, lorsqu'une hypothèse s'est soudain frayé un chemin dans mon esprit. Les prospectus n'étaient pas apparus seuls dans la boîte aux lettres d'Émilie. Si elle ne semblait pas se poser de questions concernant leur provenance, moi si. Je savais qu'Octave avait consulté BrosOverHoes, qu'il y avait lu les articles insultants qui s'y trouvaient ; sinon, il n'aurait pas demandé de comptes à Henry à ce sujet, et ce dernier n'aurait pas eu de raisons de m'inonder de textos accusateurs. Se pouvait-il qu'il soit allé plus loin ? Qu'il ait été catastrophé par la manière dont son « meilleur ami » parlait de ses ex-fiancées et ait réalisé qu'il les avait blessées dans son dos ? Qu'il ait décidé de se racheter pour les souffrances qu'elles avaient subies parce qu'elles avaient eu la malchance de croiser son chemin ?

Son empreinte n'était pas clairement visible derrière le coup du destin qui avait poussé Émilie à commencer le chant, certes. Mais l'événement était suffisamment troublant pour que je doute qu'il s'agisse d'une simple coïncidence. Octave était resté suffisamment longtemps en couple avec l'amie de ma sœur pour être capable d'identifier ses passions. Lorsque je m'étais posé des questions sur ma vie et mon avenir, il avait été capable de m'aider efficacement, en me poussant à prendre du recul et à m'interroger sur les sujets qui comptaient. Je ne doutais pas que s'il le voulait, il avait pu le faire également pour Émilie.

La tête emplie de ces réflexions, j'ai salué Coralie, qui était en pleine préparation de son dentifrice maison en poudre dans notre petite cuisine, puis j'ai rejoint ma chambre et allumé mon ordinateur. Il était tard, mais avant de me coucher, je voulais aller vérifier le compte Instagram d'Octave. J'avais tant d'espoir de le trouver différent, de constater que son « meilleur ami » était enfin sorti de sa vie... J'ai été déçue de me rendre compte que rien n'avait changé par rapport à mes dernières visites. L'ombre d'Henry planait toujours sur ce qu'il postait, en arrière-plan des photos, au détour des commentaires, dans les likes laissés.

Malgré tout, j'ai voulu être optimiste. Me dire que ce n'était pas un hasard si Émilie avait reçu ce prospectus pour une école d'opéra. Que c'était le signe que mes paroles faisaient lentement leur chemin dans le crâne d'Octave. J'avais tourné la page de notre histoire, mais j'avais du mal à accepter qu'il n'avait pas entendu ce que j'avais essayé de lui dire, que j'avais échoué à lui faire ouvrir les yeux sur sa relation avec Henry. C'était une question de fierté personnelle : j'avais été si humiliée par la manière dont je m'étais laissé manipuler que j'aurais aimé conclure toute cette histoire par une victoire. Avoir la sensation que mes efforts pour pousser Octave à changer de vie avaient porté leurs fruits.

Trois mois de plus se sont écoulés. Mais cela a fini par venir.

18

Je n'éteins jamais mon portable quand je dors. Je devrais sans doute : j'ai lu toutes ces études qui indiquent que les ondes sont mauvaises pour la santé et qu'il est important de s'en préserver. Mais c'est plus fort que moi : j'ai peur qu'il arrive quelque chose pendant mon sommeil et de ne pas l'apprendre à temps parce que je n'aurais pas été joignable. Je mets sur silencieux les notifications de mes applications et des SMS, mais en cas d'appel, la sonnerie de mon téléphone résonne jusqu'à ce que je décroche.

Pourtant, il n'est pratiquement jamais arrivé qu'on cherche à me joindre en pleine nuit. Je me rappelle qu'une fois, en licence, un camarade de fac m'a passé un coup de fil complètement bourré à trois heures du matin parce qu'il n'arrivait plus à se servir de son portable correctement – ce soir-là, j'avais pesté et je m'étais trouvée ridicule de ne pas réussir à éteindre mon téléphone pour être sûre d'avoir la paix. J'avais hésité à me faire violence et à changer mes habitudes.

Heureusement, j'y ai renoncé ; sinon, j'aurais manqué l'appel au secours d'Octave.

Le mois de février était arrivé, et cela faisait près d'un an que nous n'avions pas été en contact, depuis ce fameux samedi où il m'avait raconté son histoire avant de me mettre à la porte quand j'avais suggéré qu'Henry était la cause de ses problèmes.

C'était un mardi soir. J'avais enchaîné service au *Fruits & Coffee* jusqu'à quatorze heures puis mes cours de master, alors je me suis couchée tôt, aux alentours de vingt-deux heures. Je devais être à Sciences Po à huit heures le lendemain : il me fallait récupérer d'ici là.

Il faisait noir quand la sonnerie du téléphone m'a tirée de mon sommeil, et j'ai tout de suite compris que quelque chose n'allait pas. L'alarme n'était pas celle de mon réveil, mais bien celle qui m'indiquait un appel entrant.

Quand j'ai percuté que c'était le nom d'Octave qui s'affichait sur l'écran, j'avais déjà décroché.

— Allô ? ai-je articulé, la voix encore pâteuse. Oct…

Je n'ai pas eu le temps de terminer de prononcer son prénom. Déjà, il paniquait à l'autre bout du fil.

— Il ne veut pas que j'y aille, Sophie, a-t-il lâché. Il me l'interdit, il dit que je n'ai aucune raison de vouloir m'y rendre, mais c'est important pour moi, il ne comprend pas, j'ai essayé de lui expliquer mais…

La suite s'est étranglée dans sa gorge. J'ai respiré profondément, désormais pleinement alerte. Je ne saisissais pas encore quelle était la situation, mais il était évident qu'Octave était ébranlé. À tel point qu'il en devenait incohérent. Ma priorité, c'était de réussir à le calmer suffisamment pour qu'il réussisse à m'expliquer pourquoi il se trouvait dans un tel état.

— Chut, Octave, je suis là, ai-je soufflé d'une voix aussi tranquillisante que possible. Qu'est-ce qui se passe ? Où est-ce que tu voudrais aller ? Qui t'en empêche ?

J'avais ma petite idée de la réponse à cette dernière question, mais au vu de sa réaction un an plus tôt lorsque j'avais suggéré qu'Henry était mauvais pour lui, je préférais rester prudente.

— C'est ma mère, m'a-t-il dit. Elle est morte.

Ma gorge s'est serrée en entendant cela. Mais ce n'était rien à côté de ce qu'Octave a ajouté :

— Henry ne veut pas que je me rende à son enterrement.

Je suis restée sidérée.

Je savais déjà qu'Henry était nocif pour Octave. Mais exiger qu'il renonce à faire ses adieux à sa mère ? C'était un degré de cruauté encore plus élevé que ce qu'il avait montré jusque-là.

— Mais… pourquoi ?

Ces deux mots sont les seuls à m'être venus à la bouche sur le coup. L'énormité de ce qu'Henry exigeait d'Octave me rendait quasiment muette.

— Il me répète qu'elle ne m'a jamais aimé autant que je le méritais, qu'elle m'a trahi et qu'elle ne vaut pas que je la pleure, m'a-t-il expliqué. Et c'est vrai que la manière dont nous nous sommes disputés après le décès d'Adeline me travaille encore…

— Qu'est-ce qui s'est passé ?

Je savais qu'Octave ne voyait plus ses parents, Henry n'avait pas manqué de me l'apprendre la première fois que je l'avais vu. Mais les réelles raisons de cet éloignement m'étaient restées inconnues jusque-là.

Ma question a semblé lui asséner un uppercut. Il est resté silencieux plusieurs secondes, si bien que je me suis demandé un instant s'il avait raccroché. Puis il a soufflé :

— C'est… une sale histoire. J'étais tellement mal à cette période, je croyais que je ne serais plus jamais heureux. Mes parents m'ont accompagné dans mon deuil, ils ont compati à ma souffrance, mais finalement, ils m'ont suggéré qu'il était peut-être temps d'aller de l'avant, de progresser sur le chemin de la reconstruction.

L'idée me heurtait, je n'étais pas encore prêt. Henry me disait qu'ils étaient insensibles de me demander ça, que s'ils m'aimaient vraiment, comme lui, ils s'adapteraient à mon rythme, qu'au fond ils devaient être bien contents qu'Adeline soit morte, puisqu'ils passaient si vite à autre chose… Je l'écoutais, je l'écoutais, et puis j'ai dû finir par penser comme lui… Un soir, ma mère m'a parlé une fois de plus de « mon avenir » et de « faire des projets ». Je suis devenu… comme fou. J'ai craqué, je lui ai balancé des choses horribles à la figure. Qu'elle et mon père seraient bien mieux sans moi, que je voyais clair dans leur jeu… Et j'ai claqué la porte de leur maison pour ne jamais revenir.

Octave a inspiré profondément avant d'ajouter :

— Sauf que je ne pensais pas que tout se terminerait aussi brutalement, j'ai coupé les ponts avec eux sur un coup de colère mais je m'imaginais qu'un jour, nous pourrions nous réconcilier. C'est juste que je ne savais pas comment faire, j'avais tellement honte de moi-même… Je me disais aussi que ce n'était pas urgent, que j'avais du temps devant moi. J'avais tort, ma mère a fait une crise cardiaque et maintenant, je ne la reverrai plus jamais… Je ne dois pas laisser passer l'occasion de lui faire mes adieux.

— Tu as raison. Tu risquerais de t'en vouloir par la suite.

— Quand j'ai dit ça à Henry, il s'est emporté. Il a affirmé que si je ne savais pas identifier ceux qui m'aimaient vraiment, il ne ferait plus le moindre effort pour moi.

Quel effort Henry avait déjà fait pour Octave, à part celui d'exiger toujours plus de lui, je me le demandais bien…

— J'ai insisté, j'ai tenté de lui faire comprendre mon point de vue, mais cela n'a fait que le mettre encore plus en colère. Je ne l'avais encore jamais vu comme ça, même dans ses pires accès de rage… Il a attrapé l'une de mes tasses et l'a fracassée à terre en me hurlant de me taire – il savait que j'y tenais, en plus, je l'avais depuis le lycée. Puis il a quitté mon appartement en claquant la porte derrière lui et en criant que s'il apprenait que je m'étais rendu à l'inhumation dans son dos, ce n'était pas la peine que j'espère le revoir.

J'étais loin d'être convaincue qu'Henry pensait ce qu'il avait dit. À mon avis, il avait passé trop de temps à modeler son « meilleur ami » pour renoncer à lui sur un coup de tête. Il ne jetterait pas son jouet aussi facilement…

— Je suis fatigué, Sophie, a ajouté Octave. Lorsque tu m'as parlé de ce qu'il avait fait aux femmes que j'ai aimées, je ne t'ai pas crue sur le coup. Je me suis rendu sur le site que tu avais mentionné, et je suis resté choqué… Henry a prétendu que ce n'était qu'une plaisanterie, que je ne devais pas y accorder d'importance, que je n'avais pas d'humour si je ne comprenais pas cela… Mais ça a cassé quelque chose entre nous. Plus le temps passe, plus mes yeux s'ouvrent. Il m'épuise, à sans cesse vouloir contrôler ma vie, à ne pas supporter que j'aie une opinion différente de la sienne… J'en ai assez. Et je me sens tellement coupable du mal qu'il a fait en mon nom…

— C'est toi qui as glissé des prospectus pour une école de chant dans la boîte aux lettres d'Émilie, n'est-ce pas ?

Octave a soupiré.

— Oui… Tu m'avais dit qu'elle avait perdu confiance en elle depuis notre rupture, je me suis dit que l'aider à trouver un moyen de se remettre sur de bons rails était peut-être une manière de me racheter.

— Le coupable, c'est Henry, pas toi…

— Oui, mais sans moi, il ne s'en serait jamais pris à elle, ni à aucune des femmes que j'ai aimées, d'ailleurs. Je l'ai laissé s'approcher d'elles, j'ai aussi ma part de responsabilité.

— Tu as bien agi.

Nous sommes restés silencieux un instant, mes mots faisant leur chemin dans l'esprit d'Octave, puis j'ai embrayé :

— Cela dit, ce n'est pas l'important actuellement : l'important, c'est que tu fasses tes adieux à ta mère. C'est ce que tu veux, n'est-ce pas ?

Octave a acquiescé. J'ai poursuivi :

— Alors, c'est sur l'enterrement que tu dois te concentrer. Où et quand aura-t-il lieu ?

— Samedi. À Bouliac, près de Bordeaux.

— D'accord. Est-ce que tu as déjà regardé les horaires de train ?

— Non…

Octave a soupiré, puis sa voix s'est voilée.

— Sophie, je ne sais pas si je suis capable d'y aller, a-t-il soufflé. Ça fait des années que je n'ai pas vu mon père et mon frère, je ne sais pas comment ils m'accueilleront. Merde, je ne sais même pas s'ils me reconnaîtront ! Je ne supporterais pas qu'ils me rejettent, pas une fois de plus, pas ce jour-là…

J'ai entrepris de le réconforter :

— Tu viens de me dire que tu regrettais de n'avoir pas pu reparler à ta mère de son vivant. Ne laisse pas passer l'occasion de renouer avec les membres de ta famille qu'il te reste. Peut-être qu'il y aura de la gêne au début entre vous, mais sans doute ton père et ton frère souffrent-ils aussi de la situation. La peur ne doit pas t'empêcher de faire le premier pas vers eux.

— Je n'en aurai pas la force… Je n'arriverai pas à entrer dans cette putain d'église…

Le désespoir dans la voix d'Octave était poignant. Par téléphones interposés, je ne pouvais pas voir son visage, mais je l'imaginais sans peine déformé par le chagrin…

Je n'ai jamais supporté de voir les gens souffrir. Cela me joue parfois des tours, mais j'éprouve le besoin irrépressible de les consoler, de trouver un moyen de les aider à aller mieux. Et c'est prise d'une impulsion subite, parce que la tristesse d'Octave me serrait le cœur, que j'ai lâché :

— Est-ce que tu penses que tu y parviendrais, si je venais avec toi ?

— Tu ferais ça ? a-t-il répliqué, surpris.

J'ai dégluti. Qu'est-ce qui m'avait pris de faire cette proposition ? Octave était mon ex, nous n'avions pas parlé depuis un an, évidemment qu'il était déplacé que j'envisage de l'accompagner à un événement aussi personnel que l'enterrement de sa mère ! Pas étonnant qu'il se montre incrédule, mon idée sortait de nulle part…

C'était cependant la perspective dont il semblait avoir besoin pour rassembler ses forces.

— Oui, je crois que je préférerais ne pas être seul. Mais… je ne veux pas que tu te sentes obligée ou… Enfin, si ça t'embête, je…

Bien sûr que la perspective de me rendre à cette inhumation ne m'emballait pas ; j'avais conscience que ce serait un moment plus qu'étrange. Je ne pouvais toutefois pas décevoir Octave, pas alors qu'enfin, il prenait la main que je lui tendais.

— Ne t'inquiète pas pour moi, ai-je répondu. Si tu as besoin de moi, je viendrai.

— Merci. Merci beaucoup…

Nous n'avons rien ajouté, un peu gênés, pendant une dizaine de secondes. Pour dissiper le malaise, je me suis à nouveau focalisée sur les questions pratiques :

— Revenons-en aux billets de train. À quelle heure est l'enterrement, exactement ?

Octave et moi avons aplani ensemble les difficultés qu'il était susceptible de rencontrer. M'efforçant d'être méthodique, j'ai fait en quelques minutes le tour des points importants : transport, horaires, costume… Je sentais à quel point cet appui lui était nécessaire : il avait déjà besoin de toute son énergie pour affronter les émotions qui s'agitaient en lui.

Finalement, quand j'ai eu fait le tour de ce qu'il fallait organiser, je me suis tue. À l'autre bout du fil, Octave a gardé le silence lui aussi. Mon esprit s'est remis à dériver, à s'interroger sur ce qui était en train de se passer. Et j'ai demandé :

— Pourquoi est-ce moi que tu as appelé ce soir ?

J'ai entendu Octave inspirer et expirer plusieurs fois, un peu trop rapidement. J'allais lui dire de laisser tomber la question, lorsqu'il m'a répondu :

— Tu m'avais dit que tu serais là lorsque j'aurais besoin d'aide.

C'était un an plus tôt… Cela montrait bien à quel point sa vie était vide en dehors d'Henry, à quel point ce dernier l'avait englué dans une emprise dont il était resté captif pendant des années.

— Je suis là, ai-je affirmé avec sobriété.

— Merci…

19

Lorsque je suis arrivée à la gare Montparnasse le samedi matin, je n'étais pas très sûre de ce qui allait se passer ensuite. Octave ne m'avait pas rappelée avant le jour fatidique, et son silence me paraissait de mauvais augure : cela signifiait-il qu'il avait changé d'avis ? Qu'Henry avait appris ce qu'il manigançait et lui avait retourné le cerveau ?

Seule au bout du quai, frissonnant au milieu des courants d'air dans mon manteau noir, j'ai commencé à me sentir ridicule. Comment avais-je pu croire qu'Octave avait changé ? Qu'enfin, il était prêt à défier son « meilleur ami » et résister à son influence ? Il avait eu un moment de faiblesse, c'était tout, et…

Mes pensées se sont tues lorsque je l'ai aperçu se dirigeant vers moi, dix minutes avant le départ du train pour Bordeaux. J'ai failli ne pas le reconnaître : sa barbe était dissimulée sous une écharpe, et ses cheveux sous un bonnet, dont s'échappait tout de même une mèche azur.

Il avait l'air exténué. Il s'est penché pour me faire la bise, et nous avons à peine échangé quelques mots. Je ne lui en ai pas voulu : je voyais à la raideur de son dos, aux tremblements qui le saisissaient, qu'il n'était pas dans son état normal. Aller enterrer un parent est déjà une terrible épreuve, alors je n'imaginais pas ce qu'il ressentait, lui qui devait en plus, gérer sa culpabilité d'avoir laissé passer l'occasion de se réconcilier avec sa mère ainsi que le chantage psychologique que lui faisait Henry…

Il s'est laissé lourdement tomber sur son siège dans le train et au cours des deux heures de voyage qui ont suivi, il est resté en tête à tête avec lui-même. Moi, j'ai regardé le paysage défiler par la fenêtre, trop nerveuse pour sortir un livre ou jouer sur mon téléphone.

Une fois à Bordeaux, nous avons pris le bus pour rejoindre Bouliac. Comme dans le train, nous nous sommes assis côte à côte, mais cette fois, Octave a agrippé ma main et l'a serrée, fort. Il s'est crispé encore plus lorsque nous sommes descendus du bus ; j'ai dû le tirer gentiment pour qu'il mette un pied devant l'autre. Face à l'église, il s'est carrément figé.

— Je ne peux pas, Sophie… a-t-il soufflé.

— Mais bien sûr que si, ai-je rétorqué en me retournant vers lui et en lui adressant le sourire le plus convaincant que j'avais en stock. Tu es venu jusque-là, ce n'est pas pour renoncer maintenant !

— Il faut que nous évitions mon père et… mon frère, Antonin. Ce serait trop difficile de leur parler.

— D'accord. Dans ce cas, attendons que la cérémonie commence pour entrer dans l'église. Si nous nous installons tout au fond, ils ne te verront pas.

Octave a hoché la tête. Il était si tendu que c'en était douloureux à regarder.

Nous avons fait comme je l'avais suggéré : nous avons guetté l'arrivée du corbillard et l'entrée du cercueil pour nous glisser à l'intérieur une minute plus tard et nous placer dans l'ombre d'un pilier.

Ça a été une belle cérémonie. Il y avait du monde pour dire adieu à la mère d'Octave : la nef était pleine, et des dizaines de voix ont fait vibrer les vieilles pierres pendant les chants.

Lorsqu'un homme aux cheveux poivre et sel, d'une soixantaine d'années, s'est avancé pour prononcer un hommage à la défunte, Octave s'est mis à trembler – je n'avais pas lâché sa main –, et j'ai compris qu'il s'agissait là de son père. Derrière lui, s'est placé un trentenaire qui lui ressemblait trait pour trait : Antonin, sans nul doute.

Octave a pleuré pendant toute la durée du discours, à mon avis autant à cause du souvenir de sa mère que parce qu'il revoyait sa famille après si longtemps. Il avait lâché ma main, il ne me regardait pas, mais moi, j'étais tournée vers lui. Espérant que cela lui apportait un peu de réconfort.

Après la communion, le prêtre a invité ceux qui le souhaitaient à s'avancer pour bénir le cercueil ou simplement le toucher, pour faire un dernier adieu à la défunte. J'ai interrogé Octave du regard. Il a secoué la tête et m'a glissé :

— Je ne m'en sens pas digne…

— C'était ta mère. Elle t'aimait. Bien sûr que tu as le droit d'aller lui dire au revoir… ai-je répliqué.

Il s'est crispé, a hésité, mais il s'est finalement engagé dans l'allée centrale. Je l'ai suivi du regard, l'ai vu effleurer le bois de la bière avec émotion. Il ne s'est pas attardé, mais qu'il ait fait ces quelques pas en avant était déjà si important… S'il était resté en arrière, il s'en serait voulu plus tard, j'en étais persuadée.

Il est revenu à sa place, à côté de moi, bouleversé. Il avait été dans les derniers à aller se recueillir devant le cercueil et autour de nous, les gens commençaient déjà à se mettre en mouvement pour s'en aller… Octave a inspiré profondément, secoué la tête, puis m'a tirée par la manche.

— Il faut qu'on parte, Sophie. Maintenant. Il faut qu'on soit partis avant que… qu'*ils* ne quittent l'église.

Il n'a pas eu besoin de me préciser de qui il parlait : de son père et de son frère, c'était évident.

Une part de moi a ressenti de la déception à cet instant. J'aurais espéré que ce jour, bien que marqué par le deuil, soit aussi l'occasion pour Octave de renouer avec sa famille, dont il s'était éloigné à cause d'Henry. Il me semblait rageant qu'il soit venu jusque-là, qu'il soit si proche d'eux, et qu'il ne leur adresse même pas la parole.

Mais je comprenais qu'il avait déjà fait un effort énorme pour se rendre ici, dans cette église ; en silence, je l'ai donc suivi vers la sortie.

Nous allions passer la grande porte donnant sur le parvis quand soudain, une voix a retenti dans notre dos :

— Octave !

J'ai jeté un regard en arrière. Antonin nous faisait de grands signes ; ralenti par l'engorgement de gens qui convergeaient vers la sortie, il tentait malgré tout de se frayer un chemin parmi eux pour nous rejoindre.

Octave, lui, n'a pas eu besoin de se retourner ; j'ai senti à sa raideur soudaine, qu'il avait reconnu la voix de celui qui l'appelait. Il a serré les dents et pressé le pas pour tenter de gagner l'extérieur au plus vite. Cela m'a révoltée. Pas parce que je me sentais en colère contre lui ; parce que je n'arrivais pas à croire qu'il n'allait pas saisir cette occasion de renouer avec sa famille. Je savais qu'il avait peur de leur réaction, qu'il était terrifié à l'idée que son père et son frère ne veuillent plus de lui après les mots durs qu'ils avaient échangés alors qu'il portait le deuil d'Adeline. Mais Antonin prouvait à l'instant qu'il n'allait pas le rejeter : au contraire, il cherchait à lui parler, il se hâtait en ce moment précis pour tenter de le retrouver.

Tirant sur le bras d'Octave, j'ai plaidé :

— Arrête-toi ! Tu ne peux pas rater ta chance.

— J'ai honte, Sophie… a-t-il répliqué. Tellement honte… Je ne peux pas le regarder en face, sachant tout ce que je lui ai dit la dernière fois qu'on s'est vus.

— Est-ce que tu es encore en colère contre lui ?

— Non, bien sûr que non… Il me manque, terriblement.

— Alors n'aggrave pas la situation. Il est trop tard pour ta mère, mais pas pour ton frère, ni pour ton père.

Octave s'est figé. Il ne s'est pas retourné, mais au moins, il n'avançait plus. J'ai touché son bras pour l'encourager : je me doutais qu'il avait besoin de force…

Quelques secondes de plus ont suffi à Antonin pour nous rejoindre.

— Octave ! s'est-il de nouveau exclamé. Je suis si content de te voir… Comment vas-tu ?

L'intéressé a inspiré, puis a enfin fait volte-face. D'un ton hésitant, il a répondu :

— Bien… enfin, autant que les circonstances le permettent. Et toi ?

— Pareil.

Un silence s'est établi entre les deux frères. Je sentais que l'un comme l'autre avaient envie de parler, sans trouver quoi dire… Finalement, Antonin a lancé :

— Viens, il faut que tu ailles voir papa.

Octave a hoché la tête, et s'est laissé entraîner de nouveau à l'intérieur de l'église, dont sortaient encore des hommes et femmes endeuillés. Je l'ai suivi, restant cependant à deux mètres de distance afin de lui laisser de l'intimité ; ce moment où il allait retrouver sa famille n'appartenait qu'à lui, je ne souhaitais pas m'imposer…

Son père était en train de discuter avec le prêtre qui avait célébré la messe. Cependant, lorsque son regard s'est posé sur Octave, il s'est tu brusquement. Il est resté immobile pendant plusieurs secondes et son visage a blanchi.

Puis il a fondu en larmes.

C'était un spectacle déstabilisant, de voir cet homme d'une soixantaine d'années éclater en sanglots qu'aurait pu laisser échapper un enfant. On sentait qu'une émotion brute l'avait envahi, d'autant plus difficile à contrôler qu'elle venait après une cérémonie qui avait dû l'éprouver au plus haut point.

Octave est resté paralysé, ne sachant comment se comporter face aux pleurs de son père ; heureusement, Antonin a rompu le silence, glissant :

— Maman aurait été tellement heureuse de nous voir tous réunis… Merci d'être venu, Octave.

Ces quelques mots ont paru réveiller leur père, qui a relevé la tête.

— Viens ici, mon fils, a-t-il déclaré en ouvrant ses bras.

Octave a hésité un instant, puis a fait quelques pas en avant pour accepter l'étreinte. J'ai souri : il craignait d'être rejeté par sa famille, mais c'était tout le contraire qui était en train de se produire.

Lorsqu'il a reculé après plusieurs secondes, lui aussi avait les yeux embués. Regardant tour à tour Antonin et son père, il a soufflé :

— Vous m'avez manqué… Je suis désolé pour tout ce que je vous ai dit. C'était injuste. Je me mentais en disant que je n'avais pas besoin de vous… Je vous demande pardon.

— Tu n'étais pas toi-même, nous l'avions bien vu, a répliqué son père. C'est ce type, Henry… Il t'avait retourné le cerveau.

Je me suis crispée. Je ne me souvenais que trop bien de la réaction d'Octave un an plus tôt, lorsque j'avais critiqué son « meilleur ami » devant lui : il m'avait mise à la porte de son appartement. De l'eau avait coulé sous les ponts, et je savais qu'il avait ouvert les yeux au fil des mois sur le mauvais génie qui jouait à régenter sa vie. Sinon, il ne l'aurait jamais défié pour venir à l'enterrement de sa mère aujourd'hui. Mais était-ce suffisant pour qu'il encaisse une attaque directe comme celle que son père venait de formuler ?

Une seconde a passé. Puis deux. Puis trois. Je me suis détendue progressivement en constatant qu'Octave ne réagissait pas. Son père a ajouté :

— Si tu es sincère, bien sûr que j'accepte tes excuses. C'est ce que ta mère aurait voulu… Maintenant, viens. Nous ne pouvons pas la faire attendre.

Octave a hoché la tête, et Antonin, son père et lui se sont dirigés vers la sortie de l'église pour retrouver le reste de l'assemblée sur le parvis. Mené par les trois Valette, l'attroupement s'est mis en branle pour remonter la rue sur les quelques centaines de mètres qui nous séparaient du cimetière. Je suis restée en retrait, aussi bien pendant ce court trajet que pendant la mise en terre. J'étais venue jusqu'ici pour soutenir Octave, mais il me semblait qu'il fallait qu'il passe les moments à venir en priorité avec sa famille, plutôt qu'avec moi. De même, une fois le cercueil descendu dans son caveau, lorsque l'assistance a commencé à se disperser et qu'Antonin, Octave et leur père sont restés en arrière, à discuter, je ne me suis pas imposée auprès d'eux. À la place, je suis sortie du cimetière et me suis assise sur un banc en face du portail : Octave viendrait me retrouver quand il serait prêt, pas avant. Je me doutais qu'il avait du temps perdu à rattraper…

J'ai patienté près d'une heure. Cela ne me gênait pas : il faisait beau, j'avais mon téléphone pour passer le temps… Je m'assurais simplement que nous n'allions pas être en retard pour reprendre notre train pour Paris, mais nous avions de la marge.

Finalement, j'ai vu Octave, Antonin et leur père apparaître de l'autre côté de la rue. Je me suis rapprochée d'eux : j'avais senti que cette fois, c'était le moment. Lorsque l'homme à la barbe bleue m'a vue, il a souri et déclaré :

— Voici Sophie, une amie.

— Bonjour, monsieur Valette, ai-je dit à l'attention du père d'Octave.

Ce dernier m'a serré la main, et a enchaîné en me demandant ce que je faisais dans la vie. Nous avons discuté quelque temps, de tout et de rien.

Lorsque la cloche de l'église a sonné dix-sept heures, Octave et moi avons dû partir pour rejoindre la gare de Bordeaux. Mais j'étais confiante sur la suite des événements : il avait promis de téléphoner à son père très bientôt pour continuer à renouer avec lui. Maintenant que le premier contact avait été établi entre eux, la suite du chemin serait sans doute plus facile…

Nous sommes remontés dans le bus qui devait nous ramener en centre-ville. Octave souriait. Je le sentais attristé par la perte de sa mère, bien sûr, mais surtout libéré d'un poids, celui de l'éloignement avec sa famille. Je m'en suis réjouie : le périple que nous avions fait n'avait pas été vain…

Cependant, au fur et à mesure de notre voyage retour vers Paris, j'ai constaté que son humeur s'assombrissait peu à peu. Au moment de nous installer dans le TGV, le visage d'Octave s'était refermé : un pli soucieux barrait son front. J'ai supposé que c'était le contrecoup de l'enterrement, et je n'ai pas cherché à engager la conversation pour lui remonter le moral coûte que coûte. J'imaginais qu'il avait besoin de temps en solitaire pour digérer la journée qu'il venait de vivre : même moi, elle m'avait éprouvée alors que je n'étais pas directement concernée…

J'ai sorti un livre pour passer le temps, voyant qu'il regardait son téléphone. J'ai lu trois ou quatre chapitres avant de froncer les sourcils : le portable d'Octave ne cessait de vibrer. Il l'avait posé sur la tablette devant lui ; à chaque notification, il était saisi d'un tremblement, mais n'esquissait pas le moindre geste pour consulter l'écran.

— Tout va bien ? lui ai-je demandé.

Il a émis un grognement vaguement affirmatif pour toute réponse. Lorsqu'il a fini par attraper l'appareil pour l'éteindre, je lui ai coulé un regard en biais, et j'ai aperçu un nom s'afficher en gros au-dessus des bulles de message.

« HENRY ».

J'ai serré les dents. L'espace d'un après-midi, l'ombre de ce manipulateur avait semblé laisser Octave tranquille, mais voilà qu'il essayait, de nouveau, d'asseoir son emprise sur lui… J'espérais cependant que l'homme à la barbe bleue était prêt à tenir tête à son « meilleur ami », à présent.

Pendant le reste du trajet, j'ai eu bien du mal à poursuivre ma lecture. Sans cesse, mon regard dérivait vers Octave… et ce que je voyais ne me rassurait pas. Il paraissait se crisper un peu plus, de minute en minute.

Le train est arrivé à Paris, où il s'est immobilisé le long du quai. Les voyageurs se sont levés pour récupérer leurs bagages ; je n'en avais pas, mais je me suis redressée, moi aussi, pour enfiler mon manteau. Octave, lui, n'a pas bougé. J'ai supposé que c'était parce qu'il ne souhaitait pas affronter la cohue, et qu'il quitterait son siège lorsque le wagon se serait vidé. Je me suis donc décalée pour laisser sortir les autres passagers en l'attendant. Cependant, même lorsque nous nous sommes retrouvés seuls, il n'a pas esquissé le moindre geste.

— Octave ? l'ai-je appelé.

Lentement, il a tourné la tête vers moi. Ses mains agrippaient les accoudoirs, et son visage était blême. Les quelques minutes pendant lesquelles je m'étais éloignée de lui avaient suffi pour qu'il entre en crise d'angoisse.

Il m'a regardée droit dans les yeux et a murmuré :

— Je ne peux pas rentrer chez moi ce soir, Sophie…

20

Avant de lui répondre, je me suis rassise sur le siège à côté de lui.

— Pourquoi ? lui ai-je demandé. Tu as perdu tes clés ? Tu…

Il a secoué la tête, et je me suis interrompue. Il a inspiré, expiré, puis soufflé :

— *Il* y sera peut-être…

— Henry ?

À la simple mention de ce prénom, Octave a fermé les yeux, comme si un coup venait de lui être porté. Il lui a fallu plusieurs secondes pour se reprendre ; mais ensuite, c'est un véritable flot de paroles qui est sorti de sa bouche :

— Tu avais raison, Sophie, depuis tout ce temps… Il est mauvais pour moi, il me fait du mal et il me pousse à en faire aux autres… Il me rabaisse, il ne fait que ça, et moi je le supportais parce que je n'ai que lui, parce qu'entre ça ou la solitude, je préfère encore ça. Mais je n'en peux plus. Je ne peux plus supporter son rire quand il se moque de moi, son mépris quand il s'attaque à tout ce qui m'est cher pour qu'il ne reste plus que lui dans ma vie, lui et lui seul. Tu ne peux pas imaginer à quel point je me sens coupable, vis-à-vis de toi et de mes ex-fiancées. J'ai tellement mal agi avec elles, sans même m'en rendre compte… Il ne supporte pas que je ne veuille plus de ce cycle infernal, il agite sans cesse le souvenir d'Adeline pour tenter de m'y renvoyer… Il sait manier les mots pour me faire mal, et il n'hésite pas à me torturer dès que je ne me plie pas à ses volontés. Dire que je l'ai laissé me blesser pendant si longtemps… Et tout ça pour quoi ? Pour m'agripper à lui alors qu'il n'a jamais été mon ami, que je n'étais qu'un jouet à ses yeux. Je me déteste, Sophie… Je m'en veux d'avoir été aussi bête, aussi…

— Arrête de te dénigrer.

Moi aussi, bien sûr, je pensais qu'Octave avait été aveugle quant à la vraie nature de sa relation avec Henry. Mais il avait avant tout besoin de retrouver sa confiance en lui, et ce n'était pas en se rabaissant qu'il allait y parvenir.

Il a dégluti, secoué la tête, puis répété :

— Je ne peux pas rentrer chez moi ce soir. Il m'a bombardé de messages, je sais qu'il m'attendra là-bas, prêt à m'attaquer. Et j'ignore ce qui se passera si nous nous retrouvons face à face. J'ai peur de moi-même. Peur de céder une fois de plus face à ses paroles, de perdre une fois de plus la capacité de penser. Peur qu'il me piège de nouveau, que je ne parvienne jamais à me dégager de la toile dans laquelle il m'a englué.

Je m'apprêtais à prendre la parole pour tenter de lui insuffler du courage quand soudain, la porte du wagon s'est ouverte dans un grincement : je me suis redressée et j'ai croisé le regard ahuri d'un agent d'entretien, manifestement surpris de trouver des voyageurs encore là.

— Vous ne pouvez pas rester dans le train, mademoiselle, il faut descendre, m'a-t-il lancé une fois son étonnement dissipé.

J'aurais voulu argumenter, dire que c'était un cas exceptionnel, mais je voyais bien au visage fermé de l'homme que je n'obtiendrais pas gain de cause. J'ai donc secoué l'épaule d'Octave pour l'inciter à se lever. Il a grimacé, mais il m'a suivie. Nous nous sommes retrouvés sur le quai désert, et il a soufflé une fois de plus :

— Je ne peux pas rentrer chez moi, Sophie… Henry a la clé, je suis sûr qu'il va débarquer à l'improviste et m'attaquer encore et encore… Je ne peux pas…

Il était dans un tel état d'angoisse qu'il était de toute évidence incapable de réfléchir posément, de trouver un moyen concret de se préserver du vampire qui se disait son ami. Il comptait sur moi… J'ai envisagé plusieurs solutions à toute allure : le pousser à réserver un hôtel ? Mais au vu du trouble qui l'avait envahi, le laisser seul n'était pas la meilleure des idées… Contacter l'un de ses collègues de travail pour qu'il l'héberge ? Étaient-ils seulement assez proches pour qu'il puisse leur demander cela ?

Cela avait été une longue journée, et j'étais fatiguée par l'aller-retour en train, aussi bien que par la charge émotionnelle que je devais supporter depuis plusieurs heures. Je n'étais pas dans une forme suffisante pour me creuser la tête. Alors je ne l'ai pas fait, et j'ai proposé la solution qui nous demanderait le moins d'efforts :

— Viens chez moi.

Octave m'a jeté un regard interrogateur. J'ai développé :

— Ma colocataire n'est pas là ce week-end, je peux t'héberger ce soir. Tu y seras à l'abri d'Henry. Pour la suite, nous verrons.

Quelques secondes se sont écoulées, au cours desquelles Octave m'a jaugée, cherchant à évaluer si j'étais sérieuse ou non. Lorsqu'il a compris que c'était le cas, ses épaules se sont affaissées.

— Merci… a-t-il bredouillé, soulagé. Je… Je ne crois pas que j'aurais réussi à surmonter cette journée sans toi.

J'ai baissé le regard, gênée, les mains enfoncées dans les poches de mon manteau noir. Puis j'ai lâché :

— Allons-y. Il fait froid sur ce quai.

Nous nous sommes mis en marche en direction du métro. Nous n'avons pas parlé durant tout le temps qu'a duré le trajet jusqu'à mon appartement. Mais ce n'était pas le même silence que dans le train. La tension qui habitait Octave s'était muée en une sorte d'hébétude : il semblait arrivé aux limites de ce qu'il pouvait encaisser, et n'aspirer plus qu'à se coucher pour reposer son cerveau et faire le tri dans toutes les émotions qu'il avait éprouvées. D'ailleurs, lorsque nous sommes arrivés chez moi, il n'a pas fait long feu : il a cuit des pâtes pendant que je mettais des draps propres au lit de Coralie, nous avons mangé, puis il s'est couché – il était pourtant encore tôt.

En m'installant dans ma chambre pour consulter mes e-mails et les réseaux sociaux avant d'aller dormir à mon tour, j'ai réalisé qu'il n'avait pas fait le moindre geste qui aurait pu s'apparenter à une tentative de séduction. Revenir dans mon appartement, où nous avions écrit certaines des pages de notre histoire un peu plus d'un an plus tôt, aurait pourtant pu lui donner des idées. Mais notre relation était différente désormais : j'étais le soutien dont il avait besoin pour se tirer d'une situation difficile, sans qu'il y ait la moindre trace de romantisme là-dedans.

Où cela allait-il nous mener ? Je l'ignorais. Il fallait d'abord gérer l'urgence du présent, avant d'envisager l'avenir. Et quelque chose me disait que le lendemain, Octave allait compter sur moi presque autant qu'au cours de la journée qui venait de s'écouler…

Je me suis couchée près de deux heures après lui ce soir-là, mais le lendemain, je me suis tout de même réveillée avant lui. Lorsque je suis sortie dans le petit couloir, la porte de la chambre de Coralie était fermée, et aucun bruit n'en filtrait. Sur la pointe des pieds, j'ai rejoint la cuisine pour y petit-déjeuner. J'ai bu tranquillement un café adossée au mur, puis je me suis servi un bol de céréales tout en essayant de mettre de l'ordre dans mes pensées. Elles étaient nombreuses… Nous étions dimanche matin : Octave allait-il souhaiter se rendre sur la tombe d'Adeline, comme il en avait pris l'habitude ? Ou bien avait-il vu assez de cimetières pour le week-end ? Se rendait-il compte que son attachement à sa fiancée décédée, alors que huit ans avaient passé, était excessif et l'empêchait d'avancer ? Si ce n'était pas le cas, comment pouvais-je l'aider à en prendre conscience ? Était-ce mon rôle, d'ailleurs ?

J'étais en train de rincer ma tasse dans l'évier, sans avoir trouvé de réponses à mes questions, quand des coups violents ont été tambourinés contre la porte de l'appartement.

BANG. BANG. BANG.

La personne sur le palier frappait contre le battant de toutes ses forces, comme si elle voulait le défoncer autant qu'attirer mon attention.

Je me suis raidie. Ces coups étaient menaçants. Agressifs. Oppressants.

Et je ne voyais qu'une seule personne susceptible de les porter.

Henry, bien sûr.

J'ai hésité. Devais-je ouvrir ? Je n'avais aucune envie de me confronter à ce type. Je savais qu'il pouvait être d'une virulence rare quand il s'en prenait à quelqu'un, pour avoir été moi-même la cible de son venin. Mais malheureusement, il était aussi tenace : ce n'était que parce que j'avais bloqué son numéro que j'avais cessé de recevoir ses messages. Notre discussion, nécessairement houleuse, était inévitable. Il valait mieux que j'en passe par là au plus vite plutôt que de subir des jours, voire des semaines, d'usure psychologique… Et puis, cela montrerait à Octave qu'il était possible de tenir tête à son bourreau, de ne pas céder face à ses assauts, quelle que soit leur violence. Il avait du mal à lutter, affaibli qu'il était par des années passées sous emprise. Mais moi, j'étais d'une autre trempe.

Déterminée, je me suis avancée vers la porte et l'ai déverrouillée en rassemblant mon courage. Il m'en a fallu dès les premières secondes, car Henry n'a pas attendu avant d'attaquer.

— Où est-il ? Il est ici ? Je sais qu'il est ici.

Il a fait un pas en avant, sûr de lui, en tendant un bras pour me pousser sur le côté. Mais je ne me suis pas écartée ; au contraire, j'ai carré mes épaules et me suis plantée sur son chemin pour le maintenir à l'extérieur de l'appartement. Je suis plus petite que lui d'une tête : il aurait pu me dégager de force s'il l'avait voulu. C'était toutefois une limite que même lui ne semblait pas prêt à franchir.

— L'identité des personnes que je reçois chez moi ne te concerne pas, Henry, ai-je déclaré fermement.

— Bien sûr que si, m'a-t-il répondu du tac au tac. Octave est mon meilleur ami, tous ses faits et gestes me concernent.

— Qui te dit que…

Je me suis interrompue lorsque j'ai entendu, dans mon dos, une porte grincer. Avant même de me retourner, je me suis doutée de ce qui venait de se passer : Octave, alerté par le bruit, sortait de la chambre de Coralie. Il arborait une expression catastrophée ; il n'avait pas pris le temps de remettre sa chemise de la veille, qu'il avait sans doute retirée pour dormir, et ainsi, torse nu, il paraissait vulnérable, bien plus que d'ordinaire. D'autant qu'Henry lui a craché d'emblée :

— Allez viens, toi, on y va.

— Octave fait ce qu'il veut, me suis-je interposée. Il n'a pas à obéir à tes ordres.

Henry a levé les yeux au ciel, comme si je venais de proférer la pire des idioties.

— Ne commence pas, miss donneuse de leçons. Je te rappelle que si on en est là, c'est à cause de toi.

— Pardon ?

— Octave et moi allions très bien avant que tu ne viennes fourrer le nez dans nos affaires. C'est depuis que vous êtes sortis ensemble qu'il part en vrille. Tu lui as brisé le cœur en le larguant, puis tu l'as laissé se languir de toi pendant des semaines au *Fruits & Coffee* pour qu'il ne puisse pas se remettre de votre rupture, tu as essayé de le couper de moi, son meilleur ami. Et maintenant, alors que cela fait des années qu'il a enfin tourné la page de sa famille, ce ramassis de connards qui ne lui ont jamais apporté l'attention qu'il méritait, tu le replonges dans ses traumatismes en l'incitant à renouer avec eux. Bien sûr qu'Octave n'a rien à faire là, chez toi ! Tu vas le tirer vers le bas, c'est tout !

Me dresser face à Henry à cet instant était comme affronter une tempête. Il balançait ses mots les uns après les autres sans la moindre hésitation, ne me laissant aucun instant de répit pour réfléchir à la manière de les contrer. Il trouvait une nouvelle parole pernicieuse à asséner avant même que j'aie trouvé une objection à la première, frappant contre les remparts de mes certitudes à coups de boutoir.

Mais malheureusement pour lui, ma méfiance à son égard était aussi solide qu'une muraille. Dès qu'il s'est tu plus de deux secondes, j'ai contre-attaqué :

— Tu peux parler ! Qui a coupé Octave de sa famille en premier lieu ? Qui l'a forcé à enchaîner les relations malsaines avec les femmes, en jouant avec le souvenir de son premier amour ? Qui profite de chaque occasion pour le rabaisser, l'insulter ? Ce n'est pas moi, que je sache.

Riposte immédiate :

— Justement, tu ne sais rien. Tu n'étais pas là. Tu ne connaissais pas Octave à ces époques-là. Tu ne voyais pas à quel point il était mal dans sa peau. J'ai été prêt à faire des choix complexes, à le guider sur des chemins malaisés, pour qu'il aille mieux. Peux-tu en dire autant, toi qui l'as plaqué à la première difficulté ?

Henry était très fort pour jouer sur les cordes sensibles, pour taper là où cela faisait mal. Pour trouver des ouvertures, alors même que je me croyais inattaquable. J'ai douté un instant, et il en a profité pour s'engouffrer dans la brèche :

— Aujourd'hui, tu veux jouer à la sauveuse, mais qu'es-tu pour lui ? Rien. Une ex avec qui il est resté même pas deux mois. Pendant un an, tu ne lui as pas adressé la parole ! Moi, j'étais là pour lui. Je le suis depuis que nous sommes ados. Qu'arrivera-t-il quand tu te seras lassée de jouer à la bonne samaritaine ? Tu le laisseras tomber. Je ne l'ai jamais fait. Alors il devrait me suivre, là, maintenant. Avant qu'il ne soit trop tard.

Henry me regardait, s'adressait à moi, mais en réalité, c'était Octave que ses mots visaient. Il essayait d'éveiller sa peur de la solitude pour le manipuler. Est-ce que cela marchait ? J'ai jeté un coup d'œil derrière moi. Octave avait battu en retraite dans la chambre de Coralie et s'était assis sur le lit, la tête entre les mains. Il se couvrait les oreilles, comme s'il souffrait d'entendre les mots si violents qui étaient prononcés dans le petit vestibule.

Je me remettrais des horreurs qu'Henry me balançait : j'étais forte et stable dans mes convictions. Mais

Octave ? C'était une torture psychologique de plus dans la longue liste de celles par lesquelles il avait dû passer depuis des années. Je devais mettre fin à cet affrontement, et vite.

— Maintenant, viens, Octave, l'a appelé une nouvelle fois son « meilleur ami ». Ne me fais pas perdre mon temps.

Il a redressé la tête. L'hésitation que je lisais dans ses yeux me fendait le cœur. Je n'arrivais pas à croire qu'il envisage réellement la possibilité de suivre son bourreau une fois de plus. Pas alors qu'il avait enfin réussi à avancer quelque peu, à renouer avec sa famille, à percevoir ce qu'Henry avait de nocif. Pourtant, ce dernier l'envoûtait, le soumettait à sa volonté alors même qu'il le mettait au supplice par ses mots.

J'ai tenté mon va-tout pour rompre le charme :

— Je ne t'abandonnerai pas, Octave. Je te le promets.

Il s'est figé, m'a regardée. J'ai poursuivi :

— Je ne veux que ton bien. Ce n'est pas le cas d'Henry, et tu le sais. Fais honneur à ta mère. Fais honneur à Adeline. Redeviens l'homme qu'elles auraient voulu que tu sois.

— Pfff…

Henry a secoué la tête en levant théâtralement les yeux au ciel.

— C'est bon, tu en as fini avec les paroles grandiloquentes ? On peut passer à la suite ? Suis-moi, Octave. Tu sais que tu dois rentrer avec moi.

— Il ne le fera pas.

— Bien sûr que si. C'est ce qu'il veut.

Henry m'a souri – d'un sourire effrayant. Non parce qu'il paraissait faux, mais au contraire parce qu'il avait toutes les apparences de la sincérité. Puis il a ajouté, d'une voix douce :

— Tout ce que je fais, c'est parce qu'il le désire. Je n'outrepasserai jamais sa volonté. S'il veut que je m'en aille aujourd'hui, il n'a qu'un mot à dire et je vous laisserai tous les deux.

— Octave…

J'ai retenu le « dis-lui de partir » qui me brûlait les lèvres. Je n'étais pas comme Henry ; je ne voulais pas lui donner d'ordres. Mais je souhaitais tellement qu'il se dresse enfin contre son « meilleur ami »… Je l'ai fixé, éperdue. Priant pour qu'il prononce les mots qui le libéreraient.

Plusieurs secondes ont passé. J'ai entendu Henry ricaner. Sans doute estimait-il déjà avoir gagné : il savourait sa victoire. Moi, j'ai attendu encore. J'y croyais. Tant qu'Octave n'était pas parti avec Henry, tout était encore possible.

J'ai retenu mon souffle quand, baissant la tête, il a marmonné quelque chose. Trop bas pour que je puisse le comprendre. Cela aurait pu être un « pars » aussi bien qu'un « j'arrive ».

— Quoi ? Qu'y a-t-il, Octave ?

Henry avait pris un ton ironique. Il paraissait certain que cette parole grommelée était une énième soumission devant lui.

— Pars, Henry, a répété Octave, à haute voix cette fois.

Comme si ce n'était pas assez clair, il a ajouté :

— Je veux que tu t'en ailles.

Enfin, il s'est redressé. La tête haute, il a soutenu le regard de son bourreau. Fière de lui, je me suis retournée vers Henry et ai lancé :

— Tu l'as entendu. Va-t'en.

Il a levé les yeux au ciel, désapprobateur.

— Vous savez ce que je pense de tout ça.

Mais il ne pouvait plus rester sans perdre la face. Pas alors qu'il avait affirmé qu'il se plierait à la volonté d'Octave. De mauvaise grâce, il a reculé d'un pas, puis d'un deuxième. Il a tourné les talons et s'est éloigné dans le couloir. Juste au moment de s'engager dans l'escalier, il a jeté un regard un arrière. Le rictus qu'il arborait m'a fait peur. Il était plein de colère, de frustration, de haine. J'ai su sans aucun doute possible qu'Octave et moi n'avions pas fini d'entendre parler de lui, qu'il chercherait à se venger.

Je l'attendrai de pied ferme. Nous avions remporté une première victoire, grâce à laquelle nous allions pouvoir construire toutes les autres.

J'ai fermé la porte. Pour Henry, elle ne serait plus jamais ouverte.

21

Je suis restée immobile derrière la porte pendant plusieurs secondes, ne voulant pas relâcher ma garde. Je craignais qu'Henry, n'acceptant pas sa défaite, ne revienne sur ses pas pour une nouvelle offensive. Mon cœur battait à toute allure, aiguillonné par la peur.

Il s'est calmé peu à peu en constatant que seul le silence nous enveloppait. Henry était parti, bel et bien parti… J'ai levé les yeux vers Octave. Il avait baissé la tête, secoué par ce qui venait de se produire. Je me suis approchée et me suis installée sur le matelas à côté de lui.

— C'est fini, maintenant, lui ai-je affirmé, rassurante.

Je ne sais pas s'il était en mesure de me croire. Mais il s'est détendu un peu et a hoché la tête.

— Viens petit-déjeuner, ai-je ajouté. Tu iras mieux une fois que tu auras mangé.

J'avais conscience qu'Octave avait perdu son principal repère en chassant Henry de sa vie, et que pour un temps, il serait déboussolé. Qu'il lui faudrait de l'aide pour se reconstruire. J'étais prête à l'épauler : il avait besoin de moi. Il n'avait personne d'autre…

Je l'ai laissé boire son café tout en réfléchissant à ce qu'il convenait de faire ensuite. Nombre de changements à effectuer dans sa vie me venaient à l'esprit, mais j'ai vite réalisé que le plus urgent, c'était de mettre des barrières entre son ancien bourreau et lui. J'avais pu constater qu'Henry était capable d'aller très loin lorsqu'il était question de se venger : il fallait laisser aussi peu d'armes que possible à sa disposition.

— Nous devons aller chez toi, ai-je annoncé lorsqu'Octave a eu terminé de manger. Faire changer les serrures.

Il a acquiescé en silence. Je le sentais encore hébété par notre altercation avec Henry… Ce n'était pas une dispute que quelques minutes suffisaient à oublier.

Il a lavé rapidement son bol, puis nous nous sommes mis en route : il n'avait pas d'affaires à récupérer puisqu'il avait dormi chez moi avec les vêtements qu'il portait la veille, à l'enterrement… En chemin, nous avons cherché sur Google les coordonnées d'un artisan travaillant le dimanche. Je l'ai appelé et ai dégluti en entendant le prix qu'il m'annonçait. Mais Octave a hoché la tête en silence, déterminé. J'ai confirmé le rendez-vous.

Nous sommes arrivés chez lui. En attendant le serrurier, je lui ai suggéré de bloquer le numéro d'Henry, comme je l'avais fait quelques mois plus tôt. Il a marmonné :

— Oui, bientôt…

Mais il n'a pas esquissé de geste pour sortir son portable.

— Pourquoi pas maintenant ? ai-je insisté.

— Il pourrait s'excuser… a murmuré Octave en baissant le regard, une expression de honte sur le visage. Comprendre enfin qu'il a mal agi, changer…

J'étais convaincue qu'il se faisait des illusions, mais je ne l'ai pas poussé davantage.

Le serrurier nous a rejoints rapidement et s'est mis au travail. Nous l'avons observé, debout dans la petite entrée ; soudain, le portable d'Octave a vibré. Il s'est tendu, a porté la main à sa poche sans oser en extraire son téléphone, mais ce dernier s'est animé une deuxième fois. Puis une troisième. C'est seulement alors qu'il s'est résolu à consulter l'écran. Il s'est mordu la lèvre, puis a penché l'appareil vers moi pour que je lise à mon tour :

Alors, tu regrettes déjà ?

> Je suis sûr que oui. Tu vas te retrouver seul au bout du compte, tu le sais. Il n'y a que moi qui suis capable de te supporter plus de quelques semaines.

> Même tes parents ne t'ont jamais aimé.

Je l'ai regardé tristement, et je lui ai rappelé :

— Il existe un moyen simple pour qu'il ne puisse plus t'envoyer de messages…

À cet instant, l'écran du téléphone a affiché un quatrième texto. Octave a soupiré, hoché la tête puis appuyé sur l'option « bloquer ce numéro » avant de ranger son téléphone. Je me suis sentie fière de lui, d'autant que je voyais bien à quel point ce geste lui avait coûté.

Le reste de la journée s'est déroulé dans le même esprit. Octave a retiré Henry de ses listes d'amis sur tous les réseaux sociaux, a déposé dans un carton les objets qui étaient à lui dans son appartement pour les lui réexpédier par la poste, a jeté à la poubelle les souvenirs d'un temps avec lequel il voulait rompre. C'étaient des mesures radicales, mais nécessaires pour qu'il ne soit pas tenté de revenir en arrière dans un instant de faiblesse.

Je suis restée avec lui pendant toutes ces heures, l'encourageant par ma présence à avancer : je sentais bien que sans moi, il n'aurait pas trouvé le courage de prendre tant de décisions. Je m'en rendais compte lorsqu'il hésitait avant de retirer une photo du pêle-mêle au-dessus de son bureau, lorsqu'il restait un peu trop longtemps à regarder un selfie d'Henry et lui sur Instagram… Je ne l'ai poussé à rien, cependant : au bout du compte, il finissait par agir seul. Même si, parfois, il cherchait mon regard auparavant.

Je me suis demandé s'il allait vouloir se rendre sur la tombe d'Adeline : nous étions dimanche, après tout… Mais il n'en a pas émis le souhait. Cette journée devait sans doute lui paraître suffisamment exceptionnelle pour qu'il la considère hors du temps et qu'il en oublie le rituel qu'il respectait depuis des années. Cela m'a confortée dans ma certitude que le deuil de sa première fiancée était un piège dans lequel Henry l'avait coincé afin de le manipuler à sa guise, de jouer avec lui au mépris de son bien-être et de sa santé mentale… Sans cela, Octave aurait sûrement pu aller de l'avant depuis bien longtemps.

Quand le soir est venu, il a tourné vers moi des yeux suppliants, sans oser formuler la demande que je devinais : il avait peur de passer la nuit seul, peur du possible retour de son « meilleur ami », et il aurait préféré que je reste chez lui pour le soutenir si Henry venait l'importuner de nouveau. J'ai pesé les pour et les contre, avant de finalement le lui proposer de moi-même : je sentais que cela comptait pour lui, et j'étais certaine qu'il ne l'interpréterait pas de manière incorrecte. Avec le week-end que nous venions de vivre, ajouté à notre passif, nous étions loin d'une quelconque démarche de séduction.

J'ai donc dormi sur son canapé. Lorsque je suis retournée à Sciences Po le lendemain matin, j'avais l'impression qu'un mois venait de s'écouler plutôt que deux jours… Pour autant, je n'ai pas laissé toute cette histoire derrière moi au cours de la semaine qui a suivi : Octave et moi restions en contact régulier. Il avait besoin de quelqu'un à qui confier ses états d'âme et ses peurs, quelqu'un pour l'aider à traverser cette période difficile de sa vie. Henry avait étendu son emprise sur lui bien davantage que je ne le soupçonnais : il voulait avoir son mot à dire sur toutes les décisions qu'Octave prenait, il exigeait que ce dernier lui rende des comptes sur tout ce qu'il faisait au quotidien… Lorsque nous étions en couple, j'avais remarqué que les deux hommes échangeaient de nombreux SMS, et qu'Henry se permettait d'appeler Octave quand bon lui semblait, mais j'étais loin de me douter qu'il cherchait autant à le contrôler. Chaque nouvelle découverte me sidérait.

Se détacher brutalement de cet « ami » si envahissant, même si c'était à mes yeux le bon choix, laissait Octave avec un grand vide dans sa vie, qu'il ne savait pas encore comment combler. Souvent, il commençait une phrase par « Henry trouve que » ou « Henry dirait », avant de s'interrompre. Ses yeux se perdaient dans le vague à ce moment-là, et je sentais à quel point il était déboussolé. Ce n'était pas seulement un lien affectif qu'il avait perdu, c'étaient bon nombre de ses repères…

Je ne voulais pas qu'il se retrouve effrayé par ce silence, qu'il regrette sa décision et soit tenté de revenir en arrière. Je le savais fragile affectivement : la manière dont il était passé de fiancée en fiancée après la mort d'Adeline, coincé entre le souvenir de son bonheur révolu et un avenir qu'il ne s'autorisait pas encore à construire, le prouvait. Et Henry était très habile de ses mots… Il fallait un garde-fou pour protéger Octave de ses propres démons.

Alors je lui ai apporté mon aide. Pendant la semaine qui a suivi l'enterrement de sa mère, je me suis rendue chez lui tous les soirs, pour le soutenir de ma présence. Je lui préparais à manger, je faisais la conversation pour lui changer les idées, et surtout, je m'assurais qu'il continuait à avancer dans ses progrès pour se libérer de l'emprise d'Henry. Je savais comment se débarrasser de l'influence de quelqu'un sur sa vie : j'avais moi-même dû chasser celle d'Octave sur la mienne. J'étais donc en mesure de lui montrer la voie.

Ce n'était pas une corvée : il m'accordait sa confiance et écoutait mes conseils. C'était étrange : avant l'enterrement de sa mère, nous ne nous étions pas parlé pendant plusieurs mois, et nous étions d'un coup devenus plus proches que nous ne l'avions jamais été, y compris lorsque nous sortions ensemble. Désormais, il n'y avait plus de secrets entre nous : je savais qui il était, pleinement, et ce qu'il avait dû traverser. Et je pense que j'avais acquis une certaine profondeur à ses yeux. Je n'étais plus cette fille dont il s'était entiché et auprès de qui il poursuivait un mirage : j'étais celle qui avait percé à jour les mensonges qu'il se racontait y compris à lui-même, et qui lui avait tendu la main. Alors qu'autrefois, je me sentais intimidée en sa présence, impressionnée par son expérience et son assurance, je voyais à présent à travers ses failles et je lisais dans ses yeux une admiration qui n'existait pas un an plus tôt. Je le redécouvrais sous une autre lumière, plus sensible que je ne le soupçonnais, même si en apparence, nos sujets de discussion – nos lectures, nos musiques favorites, nos envies culturelles – étaient les mêmes. Ou peut-être était-ce seulement mon regard sur lui qui avait changé, et me permettait de déceler des nuances dans sa personnalité que je ne voyais pas avant ?

Oui, cela a été une semaine intense, au cours de laquelle une connexion inédite, et entièrement platonique, s'est établie entre nous.

Mais cette harmonie s'est brisée dès le dimanche qui a suivi.

22

Déjà le samedi après-midi, j'avais senti Octave agité, et je me doutais de ce qui le préoccupait : se rendre, ou non, sur la tombe d'Adeline le lendemain. J'avais une opinion assez tranchée à ce sujet : il me paraissait qu'Henry l'avait emprisonné trop longtemps dans le souvenir de la jeune femme. Puisque le temps était venu des ruptures symboliques, celle-là devait également être accomplie. Si Octave voulait aller de l'avant, il ne fallait pas qu'il se raccroche plus longtemps à ce passé déjà ancien, qui ne lui apportait rien d'autre que de la souffrance. Aussi, n'avais-je volontairement pas abordé le sujet avec lui, parce que je n'étais pas prête à me montrer conciliante. J'étais disposée à l'aider, à me rendre chez lui régulièrement pour ne pas le laisser seul, mais pas à contribuer à l'enfermer dans son deuil. J'étais rentrée chez moi le soir venu, me disant que se trouver en tête à tête avec sa douleur lui permettrait de la prendre enfin à bras-le-corps et de la dépasser.

Je me trompais. Le lendemain matin – le dimanche, donc –, Octave m'a téléphoné.

— J'ai besoin de toi, a-t-il soufflé lorsque j'ai décroché.

J'ai immédiatement compris où il voulait en venir ; à vrai dire, j'avais envisagé l'éventualité de son appel. J'avais préparé ce que je lui dirais dans ce cas, et j'ai déclaré avec fermeté :

— Tu ne peux pas continuer à te rendre là-bas toutes les semaines, Octave. Ce n'est pas bon pour toi… Adeline est partie, tu dois l'accepter à présent.

— Je n'en suis pas capable… a-t-il soupiré.

— Bien sûr que si.

Je me suis montrée trop brusque ; pour ma défense, Octave avait été si attentif à mon opinion en toutes choses au cours de la semaine qui venait de s'écouler que je n'hésitais plus à lui parler sans détour. Mais j'aurais dû me douter que ce sujet-là serait plus délicat que tous ceux que nous avions déjà abordés…

— Je l'aime encore, a-t-il affirmé, de la rage dans la voix. Comment peux-tu me demander de trahir son souvenir ?

— N'est-ce pas elle, qui t'avait fait promettre de retrouver le bonheur, une fois qu'elle ne serait plus là ? ai-je répliqué, m'enfonçant un peu plus.

— Tu es jalouse ? m'a balancé Octave en retour.

Je suis restée abasourdie. Comment pouvait-il penser cela ? Bien sûr que je n'étais pas jalouse, j'étais à mille lieues de ce genre de considérations !

— Je pense à ton bien-être, c'est tout ! me suis-je exclamée.

J'étais agacée moi aussi, à présent... Et ce qu'a grogné Octave n'a pas arrangé les choses :

— C'est exactement le genre de choses que me disait Henry. Et lui, il acceptait de prendre de son temps pour m'accompagner au cimetière...

Ses propos m'ont outrée. Depuis une semaine, je faisais tout pour l'aider... et c'était ainsi qu'il me remerciait ?

— Très bien, ai-je lâché, furieuse. N'écoute pas mes conseils, alors. Mais ne t'étonne pas si les démons de ton passé continuent à te piéger.

Sur ce, j'ai raccroché. Cependant, ma colère si vite embrasée s'est éteinte alors que je reposais mon téléphone. Il ne m'a fallu que quelques minutes pour regretter de m'être montrée si dure avec Octave. Je lui avais promis que je serais là pour lui, et je le laissais tomber à notre première divergence d'opinions... Je l'aidais, mais je devais accepter qu'il ne serait pas systématiquement d'accord avec moi, qu'il mettrait du temps à se rendre compte de certaines choses, qu'il bataillait encore avec des années de lavage de cerveau. Se reconstruire serait pour lui un processus long, et difficile.

Si je cherchais à le modeler, pour qu'il avance plus vite qu'il n'en était capable, il avait raison : j'agissais comme Henry…

J'ai pris une profonde inspiration, puis récupéré mon portable et appuyé sur la touche de rappel.

Ma réaction avait été excessive. J'aurais dû être plus patiente… Il ne me restait plus qu'une seule chose à faire : m'excuser.

J'ai craint qu'Octave ne décroche pas, blessé par ce que je venais de lui balancer, mais au bout de deux sonneries, j'ai entendu sa respiration au bout du fil.

— Je suis désolée, ai-je aussitôt déclaré, la poitrine oppressée. Mes paroles ont dépassé ma pensée, je n'aurais pas dû chercher à te brusquer de la sorte. Tu ne peux pas balayer en un instant un deuil que tu portes en toi depuis des années. J'aurais dû le comprendre.

Octave est resté silencieux, longtemps, et j'ai commencé à angoisser. Avais-je abîmé irrémédiablement la fragile relation qui recommençait à se tisser entre nous ?

Je m'apprêtais à lui demander si tout allait bien lorsqu'il a soupiré :

— Il n'a jamais fait ça, tu sais…

Il a marqué une pause, puis ajouté :

— Henry… Dès que quelque chose allait mal, il me disait que c'était de ma faute. Quand tu as raccroché, j'ai pensé à lui écrire. Je me suis souvenu de ce qu'il m'avait prédit : que tu me laisserais tomber, alors que lui avait toujours été là pour moi.

J'ai paniqué. Il n'avait pas fait ça, tout de même ?

Malgré mon angoisse subite, j'ai gardé mon calme. J'avais déjà agi de manière inconsidérée une fois ce matin-là, je ne voulais pas commettre une deuxième erreur.

— Et puis j'ai pensé à cette semaine, a repris Octave. À tout ce que tu as fait pour moi, sans que je trouve la force de te remercier. Que tu me rappelles achève de me prouver que tu n'as rien à voir avec lui…

Il a marqué une pause, puis ajouté :

— Je sais que je vais devoir laisser partir Adeline un jour ou l'autre, que j'ai besoin de ça pour avancer. Mais cela fait des années que je vais la voir toutes les semaines… Je ne me sens pas capable d'arrêter si brusquement, pas alors que je dois déjà gérer tant de changements dans ma vie. Je ferai des efforts, je te le promets. Juste… bientôt. Pas maintenant.

J'ai hoché la tête, même s'il ne pouvait pas me voir.

— Pas de problème, ai-je dit. Je n'essaierai plus de te bousculer.

— Merci, Sophie... Pour tes excuses. Pour tout...

La sincérité dans sa voix m'a touchée. Non, je ne faisais pas tous ces efforts en vain : Octave les appréciait à leur juste valeur.

— Attends-moi, j'arrive d'ici une grosse demi-heure, ai-je embrayé. Je vais t'accompagner au cimetière.

J'ai raccroché, et me suis mise en route. Lorsque j'ai sonné chez Octave, il était prêt à partir, son manteau déjà enfilé. Ensemble, nous nous sommes rendus à Bourg-la-Reine. Nous avons marché en silence jusqu'à la tombe d'Adeline ; là, j'ai esquissé un mouvement pour me mettre en retrait et laisser Octave se recueillir, mais il m'a fait signe de rester à ses côtés.

— Je veux te parler d'elle... si tu es d'accord, a-t-il soufflé.

— Bien sûr, ai-je répondu.

Il s'est tu, le regard perdu à l'horizon. Je ne l'ai pas pressé : nous avions tout notre temps, et je me doutais qu'il n'était pas aisé pour lui de se replonger dans ses souvenirs, sans doute aussi précieux que douloureux.

— Lumineuse, a-t-il finalement lâché. C'est le premier mot qui me vient à l'esprit pour la décrire. Elle était toujours si enthousiaste, si bienveillante... Elle était un soleil tranquille pour tous ceux qui la connaissaient, nous baignant de sa douce clarté. Elle était prévenante avec tout le monde, drôle, brillante… Belle, aussi : elle avait de magnifiques cheveux blonds qui encadraient son visage… J'adorais jouer avec. Et ses yeux… Ils étaient d'un vert profond, une nuance unique, comme elle. Dès le jour où elle s'est assise à côté de moi en cours au lycée, je suis tombé sous son charme. Mais j'ai mis des semaines avant d'identifier les sentiments qui naissaient en moi. Elle était comme ça : elle me faisait oublier tout le reste. Rien n'était plus important que sa présence, que les moments que nous passions ensemble. Je ne me préoccupais pas de les nommer : je les savourais, tout simplement. Entre nous, c'est arrivé tout naturellement : nous nous sommes embrassés, et à ce moment-là, j'ai su que mon monde avait trouvé son centre. Pendant les années qui ont suivi, je l'ai aimée sans me poser la moindre question, sans éprouver le moindre doute… Et puis, il y a eu cette fatigue qui l'affaiblissait de plus en plus, cette toux qui la prenait sans raison, ces points de côté qui la forçaient à s'asseoir. Des signaux à propos desquels nous nous sommes aveuglés, jusqu'au diagnostic. Cancer du poumon… À partir de là, Adeline a commencé à s'éteindre, mais sa lumière, elle, n'a jamais faibli. Elle a tout affronté en s'inquiétant davantage pour ses amis, pour ses parents – pour moi – que pour elle-même. Et quand elle est partie… Mon univers est devenu noir. Il n'y a pas longtemps encore, je pensais qu'il le resterait à jamais… Mais peut-être qu'en réalité, il s'est éclairci au fil des années et n'est plus que gris à présent. Un gris supportable. Un gris qui n'étoufferait plus une nouvelle lumière…

Octave s'est tu un instant, puis a ajouté :

— Je pense à elle, quand je regarde le ciel. Je me dis qu'elle m'observe de là-haut… et maintenant, ma mère l'a rejointe. Je voudrais tant qu'elle soit fière de moi. Mais sans doute que la première étape pour cela, c'est d'accepter que je ne vis plus pour elle.

— Tu peux y arriver, lui ai-je assuré. J'en suis certaine.

Pour toute réponse, Octave m'a souri.

Nous sommes restés au cimetière encore une dizaine de minutes, puis nous avons repris la direction de Paris. Nous n'avons rien dit de tout le trajet : le moment ne se prêtait pas à des paroles échangées à la légère… En revanche, lorsque nous sommes arrivés devant son immeuble, Octave a pris une profonde inspiration et a décrété :

— J'ai bien réfléchi : je ne suis pas encore prêt à laisser partir Adeline, je te l'ai dit, mais je peux commencer à lâcher du lest. Dans un premier temps, je pourrais lui rendre visite… une fois par mois seulement, si cela te convient. Je n'arriverai pas à y aller seul, mais je ne veux pas être un fardeau pour toi, tu as sans doute d'autres choses à faire…

— Je me dégagerai du temps, Octave, l'ai-je rassuré.

C'était vrai, j'avais un planning chargé, mais lorsque je lui avais promis que je serais là pour lui s'il avait besoin d'aide, ce n'étaient pas des paroles en l'air. Et je sentais qu'il était prêt à faire des efforts de son côté, qu'il ne tenait pas mon appui pour acquis et qu'il n'en abuserait pas.

— Je suis fière de toi, ai-je renchéri.

Il a hoché la tête avant de me saluer et de remonter dans son appartement.

23

Octave s'efforçait de faire bonne figure, de fournir les efforts nécessaires pour avancer, mais chaque jour qui passait me permettait de mesurer à quel point il avait été conditionné par des années d'emprise d'Henry. Prendre des décisions seul n'était plus naturel pour lui, et je le sentais angoissé par la brutale perte de repères qu'il avait subie. Il avait tant à reconstruire… Même sans obstacles extérieurs, c'était un parcours difficile que celui sur lequel il s'était engagé.

Mais il l'était d'autant plus qu'Henry n'avait pas dit son dernier mot.

Lorsque Octave avait bloqué son numéro le lendemain de notre dispute, nous avions pu profiter de quelques jours de tranquillité. Cependant, Henry a dû se lasser de ne pas recevoir de réponse, et il n'a pas lâché prise, loin de là : il a multiplié les tentatives pernicieuses pour déstabiliser Octave et tenter de le faire retomber sous sa coupe.

Son jeu préféré, c'était de l'appeler depuis d'autres portables que le sien, pour dissimuler son identité. La première fois, Octave a décroché sans se méfier ; il a coupé la communication dès qu'il a réalisé qui était en ligne, mais pas avant d'avoir été heurté de plein fouet par un flot d'injures. Ensuite, il n'a plus pris d'appels de correspondants qu'il ne connaissait pas ; ils étaient toutefois trop nombreux, il en est devenu paranoïaque. Il a fini par changer d'opérateur afin d'obtenir un nouveau numéro.

Une autre fois, il m'a appelée au petit matin : pendant toute la nuit, il avait entendu gratter à sa porte. Et son imagination n'était pas en cause : en se levant, il avait trouvé un petit mot glissé dans son entrée. « Je ne t'oublie pas », voilà ce qui était écrit dessus. Octave n'avait pas fait le moindre bruit, même quand les frottements s'étaient mués en coups, afin de ne pas trahir sa présence dans l'appartement.

Le pire a été atteint le jour où il n'a pas pu se rendre à un rendez-vous professionnel avec son client du moment, parce qu'Henry faisait le pied de grue dans sa rue, au bas de son immeuble. Octave est resté barricadé chez lui pendant des heures, les volets fermés, torturé entre sa terreur à l'idée de recroiser son ancien bourreau et une forme de nostalgie perverse, un regret du temps où son « meilleur ami » prenait toutes les décisions à sa place, lui épargnant le fardeau du choix qu'il découvrait, maintenant qu'il avait reconquis son indépendance.

— S'il consacre autant de son temps à tenter de me revoir, c'est que tout de même, je dois lui manquer… m'a-t-il murmuré au téléphone, alors que, dissimulé derrière son rideau, il observait Henry toujours posté devant chez lui. Il souffre de mon absence, je suis cruel de l'éviter ainsi. Il a toujours été mon ami, après tout…

— Octave, l'amitié, ce n'est pas ça ! me suis-je exclamée. Ce n'est pas tenter de contrôler l'autre ou profiter de ses drames pour y chercher de l'amusement. Henry est furieux que tu lui échappes, c'est tout. Tu dois tenir bon : rappelle-toi tout le mal qu'il t'a fait !

— Peut-être qu'il ne s'en rendait pas compte… Peut-être qu'il regrette…

— Il en a l'air ?

Octave n'a pas répondu. Mes doigts se sont crispés autour de mon téléphone. Plusieurs longues secondes ont passé. Et puis la pièce est retombée du bon côté.

— Non, tu as raison… a-t-il soupiré. Bon, espérons qu'il déguerpira vite…

Il n'a pas craqué ce jour-là. Il est resté caché jusqu'à ce qu'Henry quitte enfin son poste de surveillance ; mais il a dû attendre le soir pour cela. Il a aussitôt filé chez moi pour me supplier de l'héberger, au moins pour une nuit.

Tous ces événements étaient difficiles à encaisser pour moi. Je ne les vivais pas directement, mais à chaque fois, je devais absorber l'angoisse d'Octave. Trouver la force de lui tenir des propos rassurants alors que j'avais peur moi-même. Et si Henry s'en prenait à moi ? Il était dérangé, j'en étais convaincue. Je le pensais suffisamment conscient de ses intérêts pour se retenir de faire quoi que ce soit qui aurait pu lui valoir des problèmes avec la justice, mais dans un élan de frustration et de colère, ne pouvait-il pas franchir la ligne rouge ?

Peu à peu, le stress d'Octave est devenu le mien.

Les premiers jours, je m'étais montrée forte : je l'avais accompagné à l'enterrement de sa mère, j'avais tenu tête à Henry, je l'avais guidé dans les premiers pas à accomplir pour changer de vie. Je voulais être un élément de stabilité, quelqu'un de solide sur qui il pouvait compter. Mais ces petites perfidies d'Henry, quasi quotidiennes ? C'était plus que je ne pouvais encaisser sans dommages.

L'inquiétude a d'abord hanté mes pensées, nuisant à ma concentration en cours ; puis elle s'est attaquée à mon sommeil. Lorsqu'Octave me rapportait une nouvelle tentative de son bourreau pour le faire retomber sous son emprise, j'avais du mal à m'endormir le soir venu…

Et je suis ainsi tombée dans un cercle vicieux : la fatigue me rendait plus vulnérable à l'anxiété, qui à son tour aggravait mes insomnies. C'était ce que voulait Henry, j'en étais certaine : nous faire craquer, Octave et moi. Il nous fallait résister… Plus facile à dire qu'à faire.

Anne, à qui j'avais bien sûr raconté tout ce qui s'était passé, me poussait à prendre de la distance pour me préserver, mais je ne l'écoutais pas. J'avais peur de ce qui pouvait se produire. Et si mon éloignement fournissait à Henry la fissure dont il avait besoin pour planter à nouveau ses griffes dans l'esprit d'Octave ? J'étais prête à batailler bec et ongles pour empêcher cela.

Au fil des jours, je me suis sentie de plus en plus épuisée. Au moins autant que je l'étais lorsque j'avais rencontré Octave au *Fruits & Coffee*. J'en avais conscience, mais je me disais que c'était pour la bonne cause : je savais pourquoi je dépensais mes forces. Pour *sauver* quelqu'un. Moi qui voulais désormais travailler dans l'humanitaire, pouvais-je imaginer cause plus noble ?

— Sophie, prends soin de toi… m'a enjoint ma sœur lors de l'un de nos appels. Tu ne peux pas aider Octave seule, est-ce qu'il n'a pas des collègues sur qui il pourrait s'appuyer aussi ?

— Non, il n'est pas proche d'eux…

— Et sa famille, qu'en est-il ?

— C'est trop tôt, ils apprennent tout juste à se redécouvrir.

Depuis l'enterrement de sa mère, Octave avait appelé son père et son frère une fois par semaine environ : maintenant qu'il avait fait le plus dur, reprendre contact avec eux, il ne voulait pas laisser s'effilocher leur lien renaissant. Je le poussais d'ailleurs à le consolider. Mais des années de silence ne pouvaient pas s'effacer en un instant. Ils ne se connaissaient plus vraiment. Ils devaient d'abord rattraper tout le temps qu'ils avaient perdu ; ensuite seulement, dans plusieurs mois peut-être, Octave pourrait envisager de s'appuyer sur eux. Et puis, son père et son frère vivaient à Bordeaux, à des centaines de kilomètres de lui ; ils devaient aussi gérer leur propre peine suite au décès de sa mère. Ils n'avaient pas la disponibilité nécessaire, aussi bien physique qu'émotionnelle, pour l'épauler.

Alors que moi, j'étais là, et j'allais bien – du moins, c'était ce dont j'essayais de me persuader.

— Peut-être devrait-il voir un psy ? a suggéré Anne. Tu vas t'effondrer si tu continues ainsi.

C'était vrai. Mais j'ai refusé de m'en inquiéter. Je passais chez Octave au moins un soir sur deux, je lui envoyais des messages entre deux cours à Sciences Po, je prenais autant de temps qu'il avait besoin pour discuter avec lui… Je voyais bien à quel point cela le soulageait de pouvoir s'appuyer sur moi, de découvrir une amitié vraie, une personne en qui il pouvait avoir confiance. Je l'écoutais et je m'émerveillais de ses progrès, m'accrochant à sa reconnaissance pour tenir le coup quand de mon côté, ça n'allait pas, quand j'aurais préféré me coucher plutôt que de faire un saut chez lui pour éviter qu'il ne se sente seul.

Jusqu'à un jeudi soir, un peu moins d'un mois après l'enterrement de sa mère.

Je n'étais pas censée rendre visite à Octave ce jour-là, mais quand j'ai entendu mon portable sonner, j'ai décroché aussitôt.

— Sophie… Il a vandalisé mon appartement… ai-je entendu lorsque j'ai approché le téléphone de mon oreille.

— Quoi ?

— Enfin, je ne suis pas sûr que ce soit lui… Mais quand je suis rentré chez moi, j'ai trouvé la vitre de mon salon explosée, et une pierre sur le plancher. Elle a été jetée depuis la rue.

— Il faut changer la fenêtre… J'arrive.

Ce n'est pas que je ne croyais pas Octave capable de s'en charger tout seul : il était parfaitement en mesure d'appeler un artisan en urgence. Mais je savais que l'incident allait l'avoir perturbé, et que ma présence lui ferait du bien.

Tant pis pour le travail de groupe pour mon master sur lequel j'avais prévu d'avancer ce soir-là. Il attendrait. J'ai tout laissé en plan sans réfléchir.

J'ai déboulé dans l'appartement d'Octave moins d'une heure plus tard. Il avait scotché un drap sur sa fenêtre et faisait les cent pas dans le salon.

— Le vitrier ne peut passer que demain, m'a-t-il expliqué. J'essaye d'éviter que le froid ne rentre trop.

J'ai hoché la tête, et demandé :

— Ça va ? Tu… Ça ne t'a pas trop secoué ?

Octave s'est assis sur son canapé et a soupiré :

— Quand est-ce qu'il va me laisser en paix ? Je ne comprends pas, Sophie, pourquoi est-ce qu'il continue à s'accrocher ?

Je suis restée silencieuse. Je m'étais déjà posé cette question, moi aussi, sans trouver de réponse qui me satisfasse pleinement. Après tout, je ne connaissais pas vraiment Henry, je ne savais pas exactement comment quelqu'un comme lui fonctionnait. Tout ce que je pouvais faire, c'était absorber les angoisses d'Octave et lui assurer que tout irait bien. Simplement parce que j'y croyais.

J'ai frissonné : malgré le drap, la température dans le salon était fraîche. J'allais m'enrouler dans le plaid qui décorait le canapé d'Octave quand mon téléphone a sonné. C'était Inès, l'une de mes camarades de Sciences

Po. J'ai pris l'appel… et elle s'est aussitôt mise à déverser un flot de reproches dans mon oreille :

— Putain, Sophie, tu es où ?

— Que… Quoi ?

— Ça fait une demi-heure qu'on t'envoie des textos, Benjamin et moi ! On devait avancer sur notre projet de groupe ce soir, tu te souviens ?

— Oh, euh… J'ai eu une urgence, j'ai…

— Une urgence ? Mais ce travail *est* une urgence ! On doit le rendre dans trois jours et tu n'as pas commencé ta partie !

Elle avait raison. Avec tout ce qui se passait autour d'Octave, j'avais retardé encore et encore le moment de m'y mettre. Plus tôt, quand il m'avait appelé, j'avais oublié que la *deadline* était si proche.

J'ai paniqué. Avec mon emploi du temps des prochains jours, je voyais mal quand j'allais trouver le temps de caser le travail que j'avais à faire sur notre projet. À moins de m'en occuper dans la nuit… Oui, je pouvais toujours bosser en rentrant de chez Octave. Je sacrifierais des heures de sommeil, mais au moins je ne décevrais pas Inès et Benjamin.

— Je vous envoie tout ça demain matin, ai-je promis.

— Tu es sûre ?

— Oui. Sans faute.

— Hmm.

Inès avait du mal à me croire, je le sentais. Je la comprenais : cela faisait plus d'une semaine que je la baladais, une bonne raison venant toujours m'empêcher de commencer ma partie de l'exposé…

Elle a raccroché abruptement et je me suis sentie mal. En relevant la tête, j'ai croisé le regard d'Octave.

— Un problème ? a-t-il demandé, sincèrement inquiet.

J'ai secoué la tête. Il se débattait avec une emprise de plus de quinze ans, je n'allais pas l'ennuyer avec mes soucis d'étudiante !

Sauf que j'avais tenu ces derniers à distance bien trop longtemps. J'aurais voulu continuer à présenter à Octave mon masque d'assurance, mais j'ai été incapable de le maintenir. Au bout de quelques secondes de silence, j'ai fondu en larmes.

— Ce n'est rien, c'est stupide, ai-je lâché pour minimiser. Je devais travailler sur un projet pour mon master ce soir, et je ne l'ai pas fait parce qu'Henry a trouvé malin de défoncer ta vitre. Je m'en occuperai cette nuit.

Octave m'a regardée, les yeux ronds.

— Tu devais travailler ce soir ? Mais alors, pourquoi es-tu venue ?

— Tu avais besoin de moi, ai-je répliqué en haussant les épaules.

— Mais…

J'ai soupiré. Il n'allait tout de même pas me reprocher d'avoir été là pour lui ?

— Sophie, tu avais besoin de toi-même, apparemment, a-t-il poursuivi.

J'ai serré les poings. Je refusais de reconnaître que je n'étais pas capable d'encaisser autant de pression que je me l'étais imaginé.

Octave s'est approché et s'est accroupi devant moi, posant ses mains sur mes genoux.

— Je te connais, m'a-t-il dit. Très bien, même. Je sais à quel point il est difficile pour toi de dire « non » : quand nous nous sommes rencontrés, tu n'y parvenais pas, jamais, et tu étais… noyée dans les obligations. Je sais que tu as repris ta vie en main, et j'en suis heureux. Je sais aussi tout ce que tu fais pour moi, et je t'en suis extrêmement reconnaissant. Mais tu devrais me dire « non » aussi quand c'est nécessaire, Sophie. Je ne veux pas que tu sombres à cause de mes problèmes.

— Je ne sombrerai pas, ai-je affirmé, butée.

— Et pourtant, tu es en larmes ce soir.

C'était vrai, et cela me mettait en colère de l'entendre. Rageusement, j'ai essuyé mes yeux du dos de ma main.

J'ai repensé aux mises en garde d'Anne que je n'avais pas écoutées. À sa prédiction que je ne parviendrais pas à aider Octave seule, parce que cela finirait par venir à bout de mes forces et que je devais me préserver avant de penser à soutenir quelqu'un d'autre.

— Je suis désolée de ne pas être à la hauteur, ai-je soupiré.

— Tu plaisantes ? Tu es incroyable ! Ce serait plutôt à moi de m'excuser. Tu as été là pour moi tous les jours au cours du mois qui vient de s'écouler, et cela m'a fait tellement de bien… J'ai refusé de penser aux conséquences pour toi, je t'ai appelée dès qu'une impulsion me poussait à le faire, au moindre signe d'angoisse.

— Et tu as bien fait. Tu dois assumer tes failles pour aller mieux.

— C'est vrai. Mais je dois aussi réussir à le faire seul.

— Pas forcément.

Octave a secoué la tête, mais il se méprenait sur le sens de mes paroles. J'ai poursuivi :

— Ma sœur m'a suggéré que… peut-être, il serait bon pour toi d'aller voir un psy pour t'accompagner dans ta reconstruction. Je n'étais pas convaincue, mais maintenant, je me rends compte qu'elle avait raison. Malgré toute ma bonne volonté, je ne suffirai pas. Un professionnel pourra sans doute t'aider bien mieux que moi à gérer tes peurs, à te reconstruire.

Il m'a observée sans rien dire. Je me suis empressée de préciser :

— Ce n'est pas que je veuille te laisser tomber, c'est juste que…

— Tu atteins tes limites, a complété Octave. Je le vois bien, Sophie, et je sais que tu es là pour moi. À vrai dire, moi aussi j'avais pensé à voir un psy et… je crois que c'est une bonne idée.

— Tu veux que je t'aide à en trouver un ? ai-je aussitôt proposé. Allumons ton ordinateur, nous pouvons…

— Non.

J'ai regardé Octave, surprise par son refus ferme.

— Tu as un devoir à rendre pour Sciences Po, tu te rappelles ? Alors tu vas rentrer chez toi et t'en occuper. Ne mets pas tes études en péril à cause de moi, je ne le mérite pas…

Il avait encore du mal à s'empêcher de se dévaloriser, après des années à se faire rabaisser par Henry.

— Tu es sûr ? lui ai-je demandé.

— Je vais gérer, Sophie. Il faut que j'apprenne à le faire seul.

Une lueur inquiète dans ses yeux contredisait ses paroles confiantes. Mais il avait raison. Je devais le laisser voler de ses propres ailes, surtout si cela coupait les miennes.

— Bon courage pour cette nuit, alors… ai-je abdiqué.

— Toi aussi. Travaille bien, tu vas rendre un projet au top, comme d'habitude. Et ne te laisse pas marcher sur les pieds par cette Inès. Elle était énervée, mais elle n'avait pas à te hurler dessus comme ça.

Sans lutter davantage, je suis rentrée chez moi. De son côté, Octave a suivi mon conseil : il a pris rendez-vous auprès d'une psychologue pour l'aider à se reconstruire malgré ses traumatismes.

Après cela, j'ai travaillé sur moi-même pour me forcer à me préserver. Je me suis appuyée sur Anne pour cela : ma sœur était toujours prête à me communiquer de la force… J'ai suivi les recommandations qu'elle me faisait depuis le début : je n'ai plus négligé de passer du temps avec mes nouveaux amis de Sciences Po, de prendre parfois plusieurs jours d'affilée pour me recentrer. Octave a respecté cela, conscient que j'en avais besoin pour rester un soutien solide pour lui. Il allait mieux, de toute façon : il parvenait de mieux en mieux à s'assumer seul.

Il a passé un cap à partir du moment où il a quitté son appartement pour s'installer dans un nouveau, dans le XVe arrondissement. C'était un conseil de sa thérapeute : changer de décor pour prendre un nouveau départ. Cela a apparemment envoyé un message fort à Henry : il a semblé se lasser de tourmenter son ex-victime. Les menaces qu'Octave recevait par des canaux détournés se sont espacées. Plus d'e-mails provenant d'adresses inconnues, de messages sur des sites où il avait oublié s'être inscrit, de blocage subit de comptes dont il n'avait pas encore changé le mot de passe... Malgré tout, il lui a fallu du temps pour accepter de croire qu'enfin, Henry s'était résolu à le laisser tranquille. Et pour que le nom de son ancien bourreau disparaisse peu à peu de nos conversations...

Pour ma part, je n'étais pas naïve. J'avais compris que si Henry s'était comporté de manière aussi extrême, c'était sans doute parce que ses penchants pour la manipulation relevaient du pathologique. Ils n'allaient pas s'éteindre parce qu'Octave lui était désormais inaccessible. Si bien qu'à plusieurs reprises, j'ai visité son compte Instagram avec un frisson dans le dos. J'ai parcouru sa liste d'amis en me demandant qui, parmi ces jeunes gens qui souriaient sur leur photo de profil, était devenu sa nouvelle cible. Ce collègue, qui likait chacune de ses publications ? Ce petit brun que l'on voyait sur plusieurs clichés avec lui ? Cette fille qui l'identifiait fréquemment dans ses stories ?

Je n'avais aucun moyen de le savoir, et cela me rongeait. J'aurais voulu proclamer au monde entier à quel point

Henry était un être insidieux, dangereux. Cela me révoltait qu'il se sorte indemne de toute cette histoire : il avait perdu son jouet, mais aucune punition n'était venue sanctionner ses actes en dehors de cela. Il était libre de tout recommencer avec quelqu'un d'autre…

Je savais, toutefois, que je ne pouvais pas mener de front tous les combats. Si je m'en prenais publiquement à Henry, il réagirait avec violence, je n'avais aucun doute là-dessus. Et je n'avais pas la force de me lancer dans la bataille, pas alors que j'avais Octave à aider et que cela me demandait déjà beaucoup d'énergie. Je pouvais juste prier pour qu'Henry ne trouve pas si facilement une nouvelle victime, et pour que ceux qu'il tenterait d'attirer dans ses filets soient suffisamment entourés pour résister à ses pièges et ses assauts pernicieux. Au moins, il n'avait plus posté sur BrosOverHoes depuis des mois, malgré les commentaires d'internautes qui lui réclamaient la suite des aventures de « Barbe Bleue ». C'était le soulagement dont j'allais devoir me contenter.

24

Au fil du temps, alors que le spectre d'Henry s'éloignait de nous, Octave et moi avons établi une routine pour qu'il me donne de ses nouvelles, plus supportable pour moi que celle qui s'était mise en place immédiatement après l'enterrement de sa mère. Il a cessé de m'appeler tous les jours ; il lui était cependant nécessaire de me parler régulièrement, comme un fil rouge auquel il pouvait se raccrocher. Nous avons pris l'habitude de nous voir tous les vendredis soir, après sa séance avec sa thérapeute et mon service au *Fruits & Coffee*. Parfois, c'était très bref : il faisait un saut chez moi et restait une dizaine de minutes seulement, le temps que je puisse m'assurer qu'il allait bien. D'autres fois, nous pouvions parler une heure, parce qu'il avait quelque chose sur le cœur et souhaitait me le confier.

Cela n'avait rien à voir avec les soirées que nous passions ensemble quand nous étions en couple. Il n'y avait pas de séduction entre nous, et puis Octave me paraissait une personne différente de celle que j'avais connue. Certains traits de caractère, ceux que j'avais appréciés chez lui, demeuraient : sa culture, son intelligence, sa façon de se soucier de moi, le regard plein de recul qu'il pouvait m'apporter sur les problèmes dont il m'arrivait de lui parler – des périodes de rush à Sciences Po, une dispute avec un camarade de classe : rien de bien grave. En revanche, l'assurance et la pointe d'arrogance qu'il affichait autrefois avaient disparu. Elles faisaient partie du masque de séducteur qu'il s'était façonné pour plaire à Henry. Maintenant que cette façade s'était craquelée, il apparaissait tel qu'il était en dessous : à fleur de peau, empli par les doutes et les fragilités. Même son langage corporel, sa manière de parler étaient différents : ils étaient beaucoup plus hachés, plus hésitants qu'autrefois.

En plus de ces vendredis soir, nous nous voyions également un dimanche matin par mois, pour nous rendre sur la tombe d'Adeline. Je lui avais promis que je l'y accompagnerais autant de temps qu'il en aurait besoin, et je ne comptais pas revenir sur ma parole. Après notre dispute à ce sujet, j'avais compris à quel point c'était important pour lui. Et puis visite après visite, je me suis rendu compte que j'avais tort de penser que ces moments n'apportaient que du négatif à Octave, en l'emprisonnant dans le passé et un deuil dont il n'arrivait pas à se défaire. Ils lui permettaient en réalité de se reconnecter à une partie de lui-même qu'Henry avait voulu enterrer, sensible, bienveillante, douce. Celle qu'avait aimée Adeline…

La tristesse habitait encore Octave quand il parlait d'elle – sans doute ne partirait-elle jamais complètement –, mais elle était bien moins explosive que le jour où il m'avait brutalement révélé qu'elle était morte d'un cancer, quand j'étais venue jusqu'à son appartement pour le sommer de me dire la vérité sur son passé. C'était surtout la tendresse qui prédominait en lui. La première fois que nous étions allés au cimetière, il m'avait parlé de la lumière qui lui paraissait émaner de la jeune femme ; toutes nos visites suivantes ont été à l'image de celle-là. Chaque mois, Octave me livrait un fragment du bonheur qu'il avait vécu avec la défunte : nous restions une dizaine de minutes, et il parlait sans que je l'interrompe, exhumant de sa mémoire les souvenirs qu'il y chérissait comme des trésors. Son premier baiser avec Adeline, leur bal de promo à la fin de la terminale, l'appartement qu'ils avaient partagé ensemble dès leur entrée dans les études supérieures… Les mots lui venaient naturellement, touchants, délicats. Si bien que je n'ai jamais considéré ces dimanches matin comme une corvée : c'était un moment privilégié que nous partagions tous les deux. Peut-être le plus important de tous ceux que je lui accordais.

Notre cinquième visite, en juin, a cependant été différente des précédentes.

Elle avait pourtant commencé comme toutes les autres : face à la tombe d'Adeline, Octave m'avait raconté le voyage qu'ils avaient fait tous les deux à Rome, et nous nous apprêtions à prendre le chemin du retour. Mais soudain, il s'est figé, et j'ai compris que quelque chose n'allait pas. Mon premier réflexe a été d'imaginer qu'Henry s'était déplacé jusqu'ici pour poursuivre son harcèlement : il avait accompagné Octave au cimetière le dimanche matin pendant des années, et il n'était pas illogique de supposer qu'il finirait par utiliser cette information à des fins malveillantes. Le fait que ses mesquineries s'étaient estompées au fil du temps ne signifiait rien : il pouvait très bien avoir décidé de se placer dans l'ombre quelques semaines pour signer un retour spectaculaire, quand Octave ne s'y attendrait plus…

Cependant, si quelqu'un venait effectivement d'apparaître au bout de l'allée, ce n'était pas Henry : c'était une femme, d'une cinquantaine d'années, que je ne reconnaissais pas. Les cheveux teints en blond doré, vêtue d'une chemise ample rayée et d'un pantalon en toile beige, elle s'avançait sans se soucier de nous... jusqu'à ce qu'elle relève la tête et croise le regard d'Octave. À cet instant, elle aussi s'est arrêtée... rien qu'une seconde, avant de presser le pas pour nous rejoindre au plus vite.

— Octave ! s'est-elle exclamée. Cela fait si longtemps... Comment vas-tu ?

— Bonjour, Carole, a-t-il répondu. Je ne dirais pas que je vais bien, mais je... j'essaye de faire de mon mieux.

— Oui, comme nous tous... Ma petite fille me manque encore tous les jours.

En même temps qu'elle prononçait ces mots, la femme a coulé un regard vers la tombe d'Adeline, et j'ai compris de qui il s'agissait : de sa mère... Elle a enchaîné en demandant :

— Qu'est-ce que tu deviens ? Tu dois avoir terminé tes études, non ? Oui, sans doute, tu es proche de la trentaine maintenant.

Des questions de Carole émanait une curiosité sincère : elle ne les posait pas simplement par politesse, elle était réellement intéressée. Sans doute avait-elle dû s'attacher à lui, autrefois, lorsqu'il partageait la vie de sa fille... jusqu'à ce que la maladie rompe brutalement les liens qui les unissaient.

— Oui, oui, je suis diplômé depuis plusieurs années maintenant, a confirmé Octave. Je me suis établi à mon compte, en free-lance.

— Oh, c'est super. Et ça te plaît ?

— Oui, je travaille avec plein de clients différents, c'est très enrichissant.

— Je suis contente pour toi.

Sur ce, Carole a posé ses yeux sur moi, et j'ai su d'instinct quelle question elle allait formuler ensuite. J'aurais voulu lui faire un signe pour l'arrêter, mais je n'en ai pas eu le temps :

— Et cette jeune femme, c'est ta nouvelle compagne, n'est-ce pas ?

Mal à l'aise, je me suis écartée d'un pas tandis qu'Octave s'empressait d'affirmer :

— Non, Sophie est juste une excellente amie.

— Pardonnez-moi, a déclaré Carole, rougissante. J'ai cru… Enfin, je vous prie de m'excuser.

Quelques secondes de silence gêné se sont écoulées, avant qu'elle n'ajoute :

— Mais si tu avais retrouvé l'amour, ce n'aurait pas été un problème pour moi. Tu le sais, Octave, n'est-ce pas ? Tu n'aurais pas à te sentir coupable vis-à-vis de moi, ou de personne d'autre, d'ailleurs. C'était ce qu'Adeline voulait : que tu aies de nouveau droit au bonheur après son départ.

Je me suis crispée : cet argument, c'était celui qu'Henry avait utilisé pour manipuler Octave et le pousser à séduire femme après femme. J'avais peur de ce que ces mots pouvaient réveiller en lui, surtout dans ce cimetière où il les avait déjà tant de fois entendus... Et d'ailleurs, il a répliqué du tac au tac :

— Je ne l'oublierai jamais.

— Bien sûr que non. Mais ce sont deux choses différentes. Tu as de la place pour deux amours distincts dans ton cœur, Octave. Tu ne trahiras pas Adeline le jour où tu décideras de te reconstruire avec quelqu'un d'autre, pas plus que tu ne trahiras cette nouvelle jeune femme parce que tu continueras à chérir le souvenir de ma fille. La vie est plus complexe que cela.

Je n'avais jamais formulé cette idée si clairement, mais j'y adhérais à cent pour cent. C'est parce qu'Henry lui avait interdit de parvenir à cette conclusion qu'Octave était resté si longtemps sous son emprise, qu'il ne parvenait pas à aller de l'avant. Au vu de notre historique un peu complexe, je n'étais pas forcément la plus légitime pour le lui dire – il aurait pu y voir une tentative d'approche malvenue. Mais de la part de la mère d'Adeline, ces paroles pouvaient lui apporter la délivrance... J'étais heureuse qu'elle les ait prononcées, heureuse qu'Octave les ait entendues :

j'espérais qu'elles feraient leur chemin en lui et l'aideraient à se réparer.

Carole et lui ont encore échangé des nouvelles pendant quelques minutes, puis nous nous sommes remis en route vers Paris. Comme souvent, nous sommes restés silencieux dans le RER qui nous ramenait à Châtelet. Cependant, j'ai vite remarqué qu'il me jetait des regards plus fréquents que d'ordinaire, si bien que j'ai fini par lui lancer :

— Qu'est-ce qu'il y a ?

Il a inspiré profondément, puis m'a répondu :

— Je me demandais… si tu accepterais de partager avec moi des conseils sur la manière de se débarrasser d'une coloration devenue indésirable.

Il a passé les doigts dans ses cheveux bleus avant de déclarer :

— Cette teinture, j'en étais fier… J'étais persuadé qu'elle me définissait. Mais j'ai fait le tri en moi ces dernières semaines. Entre ce qui y avait été laissé par Henry, et ce que je suis vraiment. Ma psy m'y a aidé. Et j'ai réalisé que cette manière de me « distinguer de la société », c'était un vestige de son emprise : il voulait m'éloigner des autres. J'ai mis du temps à l'accepter, parce que j'avais peur de ce que j'allais trouver si je me débarrassais des idées qu'il avait semées en moi. Et si je n'étais plus qu'une coquille vide ? Mais je suis prêt à faire face à celui que je suis, à présent, même si je ne suis pas fier de tout.

— Je crois en toi.

Le RER s'est immobilisé, et nous nous sommes levés pour descendre sur le quai. Alors que nous progressions dans la station, j'ai expliqué :

— Pour ta barbe, ça va être facile : il te suffira de la raser. Pour tes cheveux, en revanche… Est-ce que tu as du bicarbonate de soude chez toi ? Ou bien du lait de coco ?

Octave a éclaté de rire.

— Il y a vraiment des gens qui ont ça en stock chez eux ?

Nous avons plaisanté jusqu'au moment où nos chemins se sont séparés. Mais il était parfaitement sérieux concernant sa volonté de se débarrasser de sa teinture. Lorsque je me suis rendue chez lui le vendredi suivant, l'homme à la barbe bleue n'était plus. Il n'y avait plus qu'Octave, prêt à être de nouveau lui-même.

25

D'autres mois ont passé. Il n'y a pas grand-chose à en dire : Octave et moi n'étions plus plongés dans une histoire aux multiples rebondissements. Il avait réussi à se libérer de l'emprise d'Henry, la dernière page de ce livre était tournée. L'épilogue passé, il se reconstruisait. Il réapprenait à exister pour lui-même, restaurait sa personnalité passée au rouleau compresseur par celui qui se disait son « meilleur ami ». Il s'est pris de passion pour le dessin : il disait que ses croquis lui faisaient du bien, qu'ils lui permettaient d'exprimer ce qui s'agitait en lui autrement que par des mots, qui le trahissaient parfois. Il lisait beaucoup, aussi ; et il a rejoint une équipe de handball, un sport qu'il avait abandonné en fin de collège. Au club, il s'est fait de nouveaux amis. J'ai été très fière de lui lorsqu'il m'a annoncé qu'il partait une semaine en vacances avec eux en Espagne : quelques mois plus tôt, c'est quelque chose qui aurait été inenvisageable, tant il était isolé.

De mon côté, je poursuivais mon master à Sciences Po. Il tenait ses promesses : les cours me captivaient, et je me donnais à fond pour réussir. Pas seulement par devoir, mais parce que j'avais le sentiment d'avoir trouvé ma voie. Étudier les droits de l'homme et leur respect dans les différents pays, les dessous des actions humanitaires, me motivait à trouver le moyen de changer le monde à ma manière, d'apporter ma modeste pierre à l'édifice. Je me suis démenée pour trouver un stage de deuxième année en accord avec mes convictions, et j'y suis parvenue : j'ai postulé et ai été acceptée chez Girls Not Brides, une ONG engagée contre le mariage des enfants et pour l'éducation des filles. Elle était basée à Londres, ce qui voulait dire que je devais aller vivre en Angleterre pour un semestre. J'attendais le départ avec impatience, convaincue qu'il s'agirait d'une expérience inoubliable. J'étais sûre de moi à présent, sûre de mes choix et de ce que je souhaitais devenir. J'étais passée par des hauts et des bas pour en arriver là, des mois de construction de moi-même depuis cette fin de licence où je me laissais ballotter par le courant, mais désormais, je traçais ma route avec certitude. En plaçant mon bien-être et mon bonheur en première position.

Même si cela voulait dire m'éloigner d'Octave.

Quand je lui ai parlé de mon stage à Londres, il s'est réjoui pour moi : il savait que cette expérience contribuerait à me rapprocher de la carrière dont je rêvais. Mais son regard s'est assombri. Je me doutais de ce qu'il n'osait me dire : j'étais devenue son soutien depuis qu'il avait pris ses distances avec Henry, et mon séjour en Angleterre signifierait que nous cesserions de nous voir toutes les semaines, pour un temps du moins.

Je comprenais la tristesse qu'il s'efforçait de taire, mais je ne pouvais pas construire ma vie en fonction de la sienne. Il ne me le demandait pas, d'ailleurs. Et puis, j'étais confiante : entre son père et Antonin avec qui les liens se recréaient semaine après semaine, la thérapeute qui le suivait et ses nouveaux amis du handball, il n'était plus seul. Il n'avait plus besoin de moi, plus autant qu'avant en tout cas. Je me disais que ce séjour en Angleterre serait l'occasion pour moi de glisser en douceur hors de sa vie, de m'effacer après avoir joué auprès de lui un rôle de bonne fée.

Je ne pouvais pas dire que cela ne m'attristait pas, moi aussi. Mais j'étais persuadée que c'était l'ordre des choses, que c'était pour le mieux.

Je devais emménager à Londres fin août ; inexorablement, le dernier vendredi avant mon départ est arrivé. La dernière soirée où j'allais voir Octave, celle qui conclurait ces visites chez moi que nous avions ritualisées. Nous avons parlé de tout ce que je ferais dans la capitale anglaise quand j'y serais enfin : écouter les artistes de rue à Piccadilly Circus, faire le selfie de la touriste ultime devant Big Ben, danser jusqu'au bout de la nuit dans un bar de Soho… Des perspectives enivrantes ; mais derrière l'enthousiasme d'Octave, je sentais une amertume qu'il avait du mal à masquer. Une nostalgie du temps que nous avions passé ensemble et qui touchait à sa fin.

Il est arrivé un moment où nous nous sommes tus, moi un peu triste de me réjouir, alors qu'Octave ne partageait pas pleinement ma gaieté, lui… je ne sais pas à quoi il pensait exactement. Il m'a observée, longuement, de la mélancolie dans le regard.

Puis il s'est penché vers moi, et il m'a embrassée.

Près de deux ans avaient passé, mais je reconnaissais encore le goût de ses lèvres, leur chaleur, leur fermeté, la caresse de sa barbe. Ils étaient délicieusement familiers, apaisants. En un instant, je me suis rappelé combien j'avais aimé cet homme quand nous étions ensemble. À l'époque, je ne connaissais pourtant de lui qu'une façade ; désormais, j'avais percé à jour celui qui se trouvait derrière, et j'éprouvais une profonde tendresse pour celui qu'il était devenu. J'ai ressenti un violent désir de lui rendre son baiser, de me laisser glisser deux ans dans le passé, comme si la parenthèse qui nous avait séparés se refermait enfin, comme si cela pouvait être aussi simple que cela. Et l'espace d'une seconde, j'ai succombé à ce désir, j'ai fermé les yeux, j'ai entrouvert ma bouche, je l'ai pressée contre la sienne.

Mais cela ne voulait pas dire que c'était la bonne chose à faire. Au contraire.

J'ai repris mes esprits et je me suis éloignée d'Octave. Il me regardait avec davantage d'espoir que d'appréhension : il avait senti que j'avais répondu à son baiser. Je ne pouvais pas le nier, et je n'y comptais pas, d'ailleurs.

— Je n'ai pas fait tout cela pour que nous nous remettions en couple, Octave, lui ai-je dit d'une voix étonnamment calme.

— Je sais, je…

À l'inverse, il bredouillait, avait du mal à trouver ses mots.

— Ça ne veut pas dire que cela ne peut pas arriver, n'est-ce pas ? a-t-il poursuivi.

J'ai secoué la tête.

— Tu sais que ce n'est pas une bonne idée…

Octave n'a rien répliqué, mais il m'a jeté un regard triste qui m'a fendu le cœur. Je pense qu'il avait conscience des raisons pour lesquelles je le repoussais, mais je les ai tout de même explicitées :

— Tu es en train de te reconstruire, après des années passées à te sentir étouffé par un autre. Tu t'es appuyé sur moi ces derniers mois, mais tu as besoin d'exister par toi-même. Je ne peux pas te laisser te mettre en situation de dépendance affective vis-à-vis de moi parce que tu cherches à combler le vide laissé par Henry. Ce ne serait pas te rendre service.

Mes mots ont pesé près d'une minute dans le silence entre nous. Jusqu'à ce qu'Octave murmure :

— Mais je t'aime…

Il m'avait balancé plusieurs fois les mêmes mots après notre rupture, sur un ton vindicatif, comme un argument suprême pour m'interdire de le quitter. Il les prononçait cette fois d'une manière bien différente. Je ne sentais pas de reproche dans sa voix, ni de colère, mais de l'incompréhension, et surtout, un océan de tristesse.

Mon cœur s'est mis à battre plus vite à cet aveu. Je l'ai ignoré. Je n'ai cependant pas pu empêcher la mélancolie de me submerger, moi aussi. Dans un souffle, j'ai répliqué :

— Tu n'as pas encore terminé de réapprendre à t'aimer toi-même…

Octave a baissé les yeux.

— Tu vas vraiment me laisser derrière toi en partant à Londres, alors ? m'a-t-il demandé.

— C'est pour le mieux.

— Et après ? Je vais guérir, je vais redevenir quelqu'un dont je serai fier et dépasser mes traumatismes, tu es la première à me le répéter. Quand j'aurai recousu tous les lambeaux de moi, quelle réponse me feras-tu ?

Il s'était agité en me posant ces questions. Si j'étais honnête avec moi-même, je devais m'avouer que j'ignorais comment y réagir. Il me parlait de perspectives éloignées, au moins de plusieurs mois. Comment pouvais-je savoir quel serait mon état d'esprit alors ? Comment pouvais-je lui promettre quoi que ce soit ? L'inciter à se raccrocher à un espoir, qui serait peut-être déçu, lui ferait plus de mal que de bien.

Face à mon silence, il a insisté :

— Et si tu trouves quelqu'un d'autre pendant que je suis en train de me réparer ? Si, quand je serai devenu l'homme que tu mérites, il était trop tard ?

— C'est que la vie aurait suivi son cours… Et je ne doute pas que tu trouverais une femme prête à t'aimer, même si ce n'est pas moi.

— Je ne veux pas te perdre, Sophie…

À cela, au moins, je savais avec certitude quelle réponse je voulais faire.

— Tu ne me perdras pas, ai-je affirmé. Quoi qu'il arrive, même si notre relation ne doit plus jamais être amoureuse, je ne te laisserai pas tomber. L'ai-je déjà fait ?

Octave a secoué la tête.

— Je serai là pour toi si tu as besoin de moi, ai-je enchaîné. Est-ce que tu me crois ?

— Oui, Sophie. Je te crois.

Il m'a adressé un faible sourire. Je lui en ai rendu un autre, plus confiant, et je me suis levée du canapé.

— Bien. Dans ce cas, il est temps que j'aille faire ma valise. Londres m'attend.

Octave a inspiré profondément, fermant les paupières un instant. Je le connaissais suffisamment bien à présent pour deviner qu'il retenait ses larmes. Mais, par égard pour moi, il a lutté pour les dissimuler, pour qu'elles ne ternissent pas ce nouveau départ que j'avais tant appelé de mes vœux. Il a rouvert les yeux, et m'a lancé avec autant d'enthousiasme qu'il pouvait en rassembler :

— Bon voyage…

Un dernier échange de regards, et je l'ai laissé seul dans son appartement. J'avais une valise à préparer et une nouvelle vie à démarrer.

26

J'ai adoré Londres. Son ambiance, ses monuments, mon stage chez Girls Not Brides… J'ai passé six mois enthousiasmants. Ensuite, je suis rentrée en France, j'ai terminé mes études à Sciences Po et j'ai trouvé mon premier emploi, dans le domaine de l'humanitaire, comme je le désirais. Mes questionnements du temps de la licence étaient loin derrière moi : désormais, ma vie était conforme à mes aspirations. Je n'affrontais plus mon quotidien par devoir, mais portée par le sentiment que j'avais trouvé ma place. Et j'avais des amis qui m'entouraient : ceux de mon master, ceux que je m'étais faits en Angleterre, mes nouveaux collègues… Quel que soit le problème que je rencontrais, je savais que je pouvais compter sur eux.

J'étais heureuse.

À un détail près : l'amour se refusait à moi. Ce n'est pas que je ne voyais pas d'hommes ; au contraire, j'en ai fréquenté plusieurs au cours de cette période. Cyril, un camarade de Sciences Po, Alexander, un journaliste londonien, Thomas, Louis… J'ai essayé de leur donner une chance, mais je n'ai vu aucun d'entre eux plus de quelques soirées. Ce n'est pas que j'avais quoi que ce soit à leur reprocher, mais ils ne me touchaient pas, ne faisaient pas battre mon cœur plus vite. Ils me paraissaient appartenir à une autre histoire que la mienne…

Je ne m'inquiétais pas de ce célibat : j'étais jeune – je le suis encore, d'ailleurs – et j'avais la vie devant moi pour trouver un homme à mon goût. Le plus important, c'était que je me construise personnellement, et je le faisais.

Je me surprenais cependant à ne pas pouvoir oublier Octave.

Nous ne nous sommes pas revus après mon départ à Londres. J'estimais que c'était pour le mieux. Je pensais ce que je lui avais dit, lorsque je lui avais affirmé que je ne pouvais pas le laisser se mettre en position de dépendance affective vis-à-vis de moi, qu'il fallait qu'il trouve une stabilité sans béquille extérieure. Que nous trouver éloignés l'un de l'autre était sans doute une bonne chose dans cette optique…

Il n'a pas cherché à s'accrocher. Alors que nous avions été très proches pendant des mois, nous n'avons plus échangé que de rares textos. Pour prendre quelques nouvelles, au début. Puis pour les fêtes, les anniversaires. C'est tout.

Je pensais à lui, pourtant. Je me demandais souvent comment il allait, s'il était retourné à Bordeaux voir son père et son frère, si les amitiés qu'il avait nouées au handball s'étaient solidifiées, s'il avait davantage confiance en lui désormais... Des tas de questions, qui ne voulaient pas me quitter, mais que je n'osais pas poser directement au premier concerné. Parce que cela aurait été pour satisfaire mon éternelle curiosité, pas pour son bien à lui. Pour son bien à lui, je devais rester distante, notre dernière discussion l'avait prouvé. Et tant pis si c'était difficile...

De temps à autre, je ne pouvais m'empêcher d'aller consulter ses profils sur les réseaux sociaux, pour connaître les grandes lignes de sa vie. Il allait mieux, cela se voyait. De photo en photo, son sourire s'élargissait, se faisait plus sincère. Les commentaires bienveillants de la part d'amis que je ne connaissais pas se multipliaient. Et heureusement, il n'y avait pas la moindre trace d'Henry dans le tableau – auquel cas, je serais sortie immédiatement de ma réserve.

Puisqu'il n'essayait plus de me contacter, je me disais qu'il s'était détaché de moi. Qu'il avait trouvé, seul, l'équilibre que je l'avais encouragé à rechercher. Nos chemins s'étaient séparés, parce que je l'avais voulu.

Cela aurait pu être la fin de l'histoire.

Et puis, six mois après mon retour en France, j'ai reçu un SMS. D'Octave, évidemment.

> Bonjour, Sophie. Comment vas-tu ?
> Moi, bien mieux, je me sens revivre chaque jour un peu plus. Sauf que tu me manques. Cela n'a pas changé depuis un an. Alors si tu le souhaites, s'il n'est pas trop tard, je te propose d'aller te promener avec moi sur les quais de Seine vendredi soir.
> Qu'en dis-tu ?

Je n'ai pas réfléchi. Mes réflexes ont pris le relais lorsque j'ai tapé :

> Cela me ferait très plaisir.

> Super ! Je passerai te prendre chez toi.

C'était il y a trois jours. Et maintenant, nous sommes vendredi soir, le vendredi fatidique, le jour désigné pour le rendez-vous. Par la fenêtre de mon appartement, je vois le crépuscule étendre ses voiles rosés sur le ciel de Paris ; Octave ne va plus tarder à présent. Je me sens trembler malgré moi, d'appréhension : je ne sais pas ce que je vais lui dire. Je me suis précipitée pour répondre à son message et accepter de le revoir aujourd'hui, mais depuis, des milliers d'interrogations ont éclos dans mon esprit.

Je sais que s'il m'a invitée à me promener avec lui ce soir, ce n'est pas innocent : cette balade sur les quais de Seine en évoque une autre, celle que nous avons faite ensemble à notre tout premier rendez-vous. De son côté, il voudrait que l'histoire se répète, il ne s'en cache pas.

Et moi ? Qu'est-ce que je veux ?

La question tourne dans ma tête, exigeant que j'y apporte une réponse.

Plus question de m'attarder sur mon choix de tenue cette fois-ci : Octave et moi nous connaissons si bien que ces artifices ne sont plus nécessaires. Sans doute aurions-nous été mieux lotis si nous avions laissé tomber les apparences dès notre première rencontre, d'ailleurs. Ce sont des préparatifs bien plus abstraits qui m'occupent. Depuis des heures, je me suis replongée dans le passé, dans *notre* passé. Pour comprendre. Comment nous en sommes arrivés là, ce que nous avons traversé. J'ai aimé cet homme, puis je m'en suis méfiée, je l'ai haï, je l'ai compris peu à peu, j'ai compati à ce qu'il avait subi, et finalement je l'ai épaulé…

J'aurai toujours une grande tendresse pour Octave. Mais laisser croître cette inclination, est-ce bien raisonnable ? N'est-ce pas une pente glissante qui réduira à néant tous les efforts que j'ai faits pour qu'il s'épanouisse loin de moi, et moi loin de lui ?

Les scènes du passé défilent, encore et encore. Trois ans de larmes plus fréquentes que de sourires, de révélations, de trahisons, de reconstruction. Trois ans, dont je dois décider ce soir de la conclusion.

Si on pouvait réécrire tous ces mois, je ne souhaiterais ni à Octave, ni à moi de revivre les souffrances que nous avons connues pour en arriver là. Je voudrais qu'il n'ait jamais rencontré Henry, qu'Adeline ne soit pas morte, je voudrais qu'il n'ait pas eu à être piégé dans son deuil pendant des années, je voudrais avoir été plus lucide au début de notre histoire. Mais puisque c'est le chemin que nous avons emprunté, puisque les ronces qui le bordaient nous ont de toute façon éraflés… que faire à présent ?

Dans le ciel, le rose du crépuscule laisse lentement place au bleu de la nuit. La couleur de mes cheveux et celle de la barbe d'Octave, réunies tout là-haut alors que ni lui ni moi ne les arborons plus. Dois-je y voir un signe ? Mais si oui, lequel ? Que nous devons nous retrouver ?

Ou que nous devons enfin laisser le passé, que ces teintes symbolisent, derrière nous ?

J'inspire profondément. Au même moment, on sonne à ma porte.

Je me lève pour aller ouvrir.

REMERCIEMENTS

Rarement me suis-je posé autant de questions sur un roman que pendant l'écriture de *Tu ne me briseras pas*. Le premier jet que j'ai rédigé en 2016 était bien différent de la version que vous venez de lire (en fait, seules quelques scènes du début subsistent encore du manuscrit original), mais l'interrogation au centre du texte a toujours été la suivante : à quelles conditions une vraie rédemption est-elle possible ? La réponse est tout sauf simple, et l'histoire a évolué au fil des réécritures alors que j'approfondissais ma réflexion.

Ce retravail, je n'aurais eu ni la lucidité ni le courage de le faire seule, et je remercie mon équipe d'éditeurs chez Scrineo, Agnès, Floria et Jean-Paul, pour leur exigence, toujours bienveillante et dans l'intérêt du roman. Vous m'avez poussée à emmener *Tu ne me briseras pas* à son plein potentiel, et je vous en suis reconnaissante. Je tenterai de modérer mon goût pour les « monologues de l'enfer » à l'avenir.

Chez Scrineo, merci également à Caroline pour la correction, ainsi qu'à toutes les petites mains qui ont travaillé ou travailleront sur ce livre, de quelque manière que ce soit : pour le maquetter, veiller à ce qu'il rejoigne les librairies dans les meilleures conditions, lui donner toutes ses chances auprès des lecteurs… Déborah, je suis ravie que nos chemins se croisent à nouveau et je suis certaine que la communication autour de *Tu ne me briseras pas* est entre de bonnes mains !

Merci à Laurence pour cette couverture qui donne une existence graphique à Octave et Sophie, « Barbe Bleue » et « Cheveux Roses ».

Barbe Bleue et Cheveux Roses, c'est d'ailleurs le titre sous lequel j'ai posté ce roman sur Wattpad, à l'origine. J'ai eu l'immense joie d'y recevoir les commentaires enthousiastes de lecteurs et lectrices à mesure que je postais les chapitres de la nouvelle version, et je suis reconnaissante à chacun et chacune d'entre vous d'avoir pris de votre temps pour découvrir l'histoire à l'époque et me laisser un petit mot sur votre ressenti. Vous m'apportez au quotidien une motivation qui me pousse à écrire toujours plus. Un merci tout particulier à -A-l-a-s-K-a-, Ambrume, Anaclumos, Aryliada, BlackyRaven, BleuLavande, Chloe_andre, Cloclo6, Daguette26, Danaaya_, Diabesimple, Draculivre, Extra_Taerrestre, Failariel_Luinwe, Finaritr, Fionadidacus, Gaelilla14, Gallylauteur, GZBXXI, Helwige, Hirony888, InesStiernet,

Kat_butterfly, Kawtar1hp, LaiBna, LaSabsabdudem0n, Letsfallinlove, LifeIsABadBitch, LoveGolden_Life, Malaika_anais, Malicorne32, Missbreloques, Miss_Colombe, Morganeaimedessiner, Mxlllz_, Nikitasuire, NourCK, NoxVif, Pensively, Pimprenelle11, Pinkpeignoirgirl, QuentinAlthaea, Robynemax, Roman-e, Rubis-arcanum18, Saphег5, Sarah_Finally, StephaneHerpin, The_Queen_Of_Fairies, Tipiland et Wancesles.

Un grand merci également à tous les lecteurs et lectrices de mon premier roman, *Royales*, et notamment aux blogs ayant donné de leur temps pour rédiger une chronique à son sujet. Toutes celles que j'ai lues m'ont touchée et j'espère que vous réserverez le même accueil à *Tu ne me briseras pas*. J'ai hâte de découvrir vos avis !

Merci à la librairie OCEP de Coutances, en particulier à Leslie, pour son soutien et pour animer cet endroit chaleureux que j'aime tant.

Merci à mes collègues, en l'honneur desquelles j'aurais voulu insérer ici un GIF douteux (mais malheureusement le support papier ne le permet pas). Merci aux autrices avec qui j'ai la chance de travailler : vous m'apportez bien plus que vous ne vous en doutez.

Merci à ma famille et à mes amis pour leur présence à mes côtés et tout l'amour qu'ils me donnent. Merci à Madeleine, l'une de mes toutes premières lectrices sur sa fidèle tablette

– je sais que tu avais beaucoup aimé le premier jet de *Tu ne me briseras pas* et j'espère que la nouvelle version te plaira encore plus ! Merci à Vincent et Anne-Marie, qui ont fourni tant d'efforts pour faire connaître *Royales* autour d'eux à sa sortie. Merci à Olivia et Clément, à qui je ne dirai qu'un mot : « cochon » ; merci également à l'ensemble des Wyrdiens, pour être la merveilleuse communauté dans laquelle je m'épanouis. Merci à Marielle, souvent en première ligne lorsque je deviens Zébulon, pour son coaching qui m'aide à trouver mon chemin. Merci à Sébastien, pour être toi, et me permettre d'être la meilleure version de moi-même à tes côtés.

Enfin, merci à toi, lecteur, lectrice, d'avoir choisi de découvrir l'histoire de Sophie et Octave. Qui que tu sois, tu as de l'importance à mes yeux et j'espère t'avoir fait passer un bon moment avec *Tu ne me briseras pas* ! En attendant un autre roman, tu peux suivre mes actualités sur les réseaux sociaux (Facebook : Camille Versi ; Twitter et Instagram : @versicamille). N'hésite pas à m'envoyer un message si tu le souhaites, je suis toujours ravie de discuter de mes romans, ainsi que d'écriture et de lecture de manière plus générale.

À bientôt !

Camille Versi

Imprimé en France par Aubin Imprimeur

Cet ouvrage a été imprimé sur un papier issu de forêts gérées durablement, de sources contrôlées.

Loi n° 49-956 du 16 juillet 1949 sur les publications destinées à la jeunesse, modifiée par la loi n° 2011-525 du 17 mai 2011.

IMPRIM'VERT
Votre imprimeur agit pour l'environnement

PEFC
10-31-1601
Certifié PEFC
pefc-france.org